그대
생각이
머문 자리

인문학은
사회의 거울이다!

시인
김 효 태

2005.10.18
글림마을스쿨

들꽃 공주

Maestoso ♩ = 84

김효태 작사 김호진 작곡 황진영 편곡

무심천 — 에　가슴으로 피 — 는　들꽃들 — 군 무 — 의 향 미 — 는
그대 향 — 기　품 — 안에 품 — 고서　진설처럼 노래 — 를 하 — — 는

내 영혼 — 에　활기를 — 불어넣어서 미풍과 손 잡 — 고
내 가슴 — 에　비파 소리운 — 율 — 은 그 대 의 입 — — 술

나 래 치 는　그 대 의 숨 소 리 를 품 고 —

사 랑 — 이　메 아 리 치 — 는　당 신 의 순 결 은 화 신 인 — 가

끌 단 지 쳐 럼　들꽃공주 의 심 장 산 실 로 —

차 례

차 례

차 례

차 례

詩碑 [고향의 봄]

제1부

천사 기러기 가족

전대미문
태양의 오르가슴 속에
마법의 불꽃들이
신음을 하고 있을 때
마파람은
게눈을 감추듯
사랑의 불꽃 희롱하노라

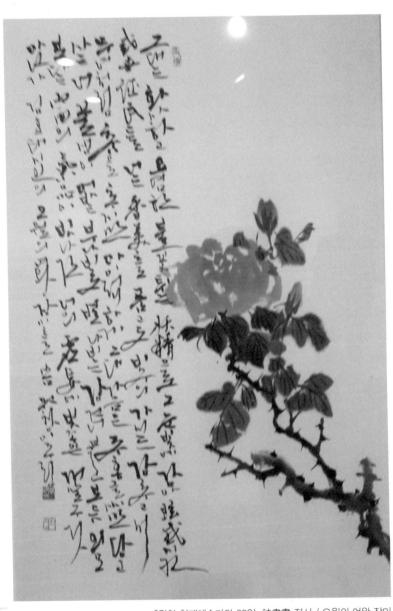

「원창 천재예술가와 69인」 詩書畵 전시 / 오월의 여왕 장미
(서울 종로 인사동 한국미술관 2층) / 오월의 여왕 장미시화

천사 기러기 가족

새 머리띠 기러기*는
가족애가 남달리 다른
가족의 천적을 막기 위해
엄마가 알 품으면 아빠는 보초를 서고

새끼가 부화되어 절반 정도 성장 시는
부모는 털갈이로 날지 못하니
새끼가 부모의 파수꾼이다

그러나
삶의 질곡은
철새들이 요정을 찾는
생사의 갈림길
몽환의 파도구름 넘고 넘어
세상에서 가장 높은
에베레스트 산을 벌새로 곡예비행
한 해에 두 번씩 울고 넘는다
꿈의 날개를 펴고
공중부양은
생시다

* '머리띠 기러기'는 다른 새와 달리 하얀색 머리 쪽에 말발굽모양의 두 개의 까만
줄이 마치 머리띠처럼 또렷하게 나있기 때문에 유래된 이름이라고 한다.

그대 눈동자 속에 머문 사랑

그대 눈망울의 꽃을 보니
다이아몬드로 번쩍 빛나면
꿈속의 천국에 온 것 같으나

등대가 망망대해에 손짓에도
당신의 가슴을 열지 못하는
요정의 절규하는 심연의 소리

내 심장을 가꾸는
파도타기로 슬픔을 달래며
진부한 사랑노래만 부르네

아가의 옹알이

노랑 병아리가 봄볕에
품 안의 그리움을
꿈을 꾸면서

노랑 빛을 쪼아서
옹알이로 모으니

노랑 병아리는
엄마의 사랑을
품 안에서 꿈을 꾸면

엄마의 자장가 속에
하얀 젖을 물린 입술로
옹알이 하는 소리는

달콤한 사랑으로
행복한 눈빛을 모아
눈망울로 꽃을 피누나

비상(飛翔)

새가 하늘에 날개를 펴면
나비는 꽃들을 흔들고
바람은 나뭇가지를 흔든다

애벌레가
땅 위에서 노닐 때
반딧불이가
시냇물 위에 반짝이니

산은
콧노래를 부르며
어우렁더우렁
꿈을 싫고 넘어간다

상처

가슴앓이 자국에도
일몰도 멍울도
풀지 못하는 신음소리

그 노을에 흠뻑 취해서
지난 상처를 도려내고 싶다
지문만 남기는 비늘도
먼지처럼 쓰러내고 싶다

감옥의 수족관에서
파닥치는 물고기는
벽과 벽 사이에서
일렁이는 파도가 되어

소통하는 항구를 찾지만
하늘 문이 열리지 않아서
가슴만을 흔들 뿐이다

상념

하얀 천사가
나비가 되어 사뿐 사뿐히
하늘을 날고 있네요

창가의 그물에 비친
찻잔에 추억이 어린
그리움을 마시듯

구곡간장에 머무는
적막한 어둠을 삼키고

가슴은 쓸쓸이 울고 있는
학처럼 앙상한 가지에
그리움의 착시를 매달고 있다

새 아침의 지평을 열면

천상에 풍선 하나를 띄워 놓고
별무리를 엮어 꿈을 키우며
긴~ 목을 빼는
애향의 기적소리는
강 이슬에만 사무치는 피날래

빈 가슴으로
구름처럼 허허롭다
바다에서
해를 퍼 올리고

눈~먼 노을의 하룻밤은
만리장성을 쌓는가?

무주공산(無主空山)[*]

공산(空山)에
사람도 짐승도 없고
설화(雪花)만
꽃이 피고 있는데

가랑잎새만
시(詩)를 써서
편지를 보내는데

무주공산에는
시인(詩人)은 없고
휘파람만이
시낭송을 하는구나

*무주공산(無主空山): 임자가 없는 빈 산.

황홀한 그리움의 빛 표징은

별의 표징은 반사체로
그리움의 풍성(風聲)처럼
달빛마저
햇살을 머금은 윤슬로
안개 속의
등대이면 어떠하랴

영혼과 영혼의 사이
숙명의 행간에서
무지개가
꿈속에서 잡히지 않아도

빈~ 가슴 속에
꿈의 환상으로
꽃과 가락이 황홀해지면
그리움의 빙벽은
언~ 가슴 사르르 녹듯이

산 너머에 무엇이 기다리고 있을까

자연의 공기처럼 익숙한
빛의 산란의 여울도
지금 내 가슴이 뛰고
또 숨을 쉬고 있다는 것만으로도
참 행복하다는 것을

행복이란 복권이 아니라
피와 땀의 결정체인 것을
우리는 꿈속에서 자맥질하는
인생의 소울메이트가
피안과 차안의
무지개 꽃으로 날고 있는

뜨거운 눈동자가 되어
순애보의 가슴으로
따뜻한 온정의 손길로
그대가 가는 길목에
꽃바람이 다가오기기를

버킷 리스트(bucket list)

해가 눈을 감으면
풀잎 기둥도 잠재우니
별들의 미쁨가슴을 헤는
지상의 꽃으로 자란다

너와 나는 별뉘의
담 너머로 귀 울리는
귀뚜라미의 연가로
차안의 가슴앓이 하는
짝사랑 연가를 부르니
그 노래가 시가 되어

하늘 길을 동행하는
긴~ 영혼의 밀월은
그대 안에 승화되는
천사로 날고 싶다

가슴 안에 바다의 멜로디가 있다

바다는 시를 쓰는 무한한 언어의 꽃밭으로
바다는 포말로 시를 쓰고 파도는 그림 그린다
파도는 악장마다 부서지는 가슴도 출렁이고
절망의 언덕에 서 있으면
망망대해는 숨통을 열어주는 소화제로
삶의 생동감으로 연주를 하고 있는가 하면
갈매기는 입으로 꿈과 낭만을 물고 와서
통통배의 돛단배 위에서 꿈을 주고 있다

철석거리는 파도소리와 물거품의 빛은
내 무거운 어깨를 토닥여 주고
또 밀물이 쏴~ 하고 개선장군으로 오면
썰물은 바다의 자궁을 열어주면서
숫한 먹거리를 제공하며 이별을 고한다

파도는 언제나 쉬지 않고 강약의 율동으로
삶의 진리를 일깨워주는 수산자원의 보고다
때로는 성난 파도가 선박을 위협도 하지만
등대가 길을 열어주는 오묘한 변주곡의 꿈은
정겨운 뱃고동소리가 세계화를 외치듯
바다는 가슴열고 품어주는 꿈의 고향인 것을

인생은 시한부

바다 속에도 갯벌 속에도
뭇 생명들이 공생하듯
우리는 지구상에서
시한부 인생을 살고 있는
쇠별꽃으로
빛나는 그 눈빛

눈을 감으면 뇌리에 스치는
술잔 속에 비친 그 환상
그리움만 연등으로 가득한데
빛을 줍는 심연에서

진흙탕에도
물이 들지 않는 연화처럼
시한부 인생은
몸과 영혼을 나눈 차안(此岸)은
별의 아가(雅歌)*로
둥지 튼 가슴을 열고
영영 떠나지 않을 사랑이여

---

*아가(雅歌): [천주] 구약의 스물여섯째 권. 시가서 중 하나로, '남녀 간의 사랑'에
대한 내용이며, '솔로몬'이 쓴 것으로 전해진다.

무루(無漏)*

인간(人間)이
태어날 땐
손을 쥐지만

죽을 때는
손을 펴듯이

소금에 절인
물고기 마냥
자아의 집착을 버리고

무아(無我)에서
살다가 간다
공수래공수거이니까

*무루(無漏): [불교] 마음과 몸을 괴롭히는 번뇌에서 벗어남.

단상(斷想)

적막한 어둠속에서
삶이 난장판으로 지칠 때

마음을 적셔 줄
바람을 잠재울 수 있는
기둥의 주춧돌처럼

폭우가 헤집고 칼바람 춤출 때
산새들도 수다를 떨면
풀벌레가 노래를 합창하니

그림자가 마성을 드러내듯
내 영혼은 그림자를 밟고 간다

깃발

황량한 들판 길
화석의 허수아비
초점 없이 바라보는
심장 속을 긁고 가는 노을 위에

날선 눈동자만
정각(正刻)처럼 다가오고
묵정밭에 머문 영혼
고추잠자리가 꿈속에서 날고

숲속의 울림이 노래가 되자
적멸의 피안에서
마음속에 피는
천사의 미소가 벙글고 있다

유령의 노래

인생의 수수께끼를
상형문자로 가발하여

내 마음의 상흔을
눈물로 흘려주는가?

그 절절한 슬픔을
달래주려는 심령은
위로의 말로 속삭여 주기를

꿈꾸는 연못의 수련처럼
온갖 고통의 신비를 품고…

생각의 날개로 펼쳐라

바람을 쓰다듬고 가는 꽃향기
구름이 그림자를 보듬고 가듯

세월의 무지개 꽃 화살로
가는 세월의 붉은 심장에 쏘아
침묵을 허물고
밤하늘 수놓은 별이 되면
태양을 향해 꼬리치는
내~ 심장만 뛰는 걸가?

숲의 속살 향기를 내뿜고
끊임없이 밀려드는 파도처럼
얼굴은 마음의 거울이라더니
찻잔 속에서
님의 환영이 떠오른다

가슴속에도 소금꽃이 핀다

가슴에 광풍이 몰아치고
마음의 벽에서
곰팡이 꽃이 피어도

검은 갯벌의 밭에서는
소금이 익어 가니

가슴에 푹 저린
삶의 방부제는
소금꽃으로 핀다

꽃과 사랑

꽃은 계절의 전령사가 되어서
각양각색의 눈망울로
낮에는 햇살로 환하게 웃고
밤에는 별빛 이슬로 꿈꾼다

꽃은 화장 안 해도 예쁘지만
서로 시기하지도 아니하고
비교도 하지도 않으며
서로가 공생을 한다

꽃은 소리도 없이 피고
눈물이 없이도 지지만
꽃은 시간의 끝에서도
세상을 비웃지도
원망도 하지 않는다

꽃은 지옥이 없으니
천당에 머무는 동안
단지 부활을 꿈꾸며
다시 다가올~
새날을 기다릴 뿐이다

유혹의 봄 향기

자작나무숲에 우짖는
휘파람소리가
가슴의 움막 속에
얼어붙은 안개 속을
군불로 지피면

봄날의
향기가 피어오르니
그대가슴 속에
사랑의 꽃잎들이
서로가 나부끼면서
나를 유혹을 하니

우수에 젖은 여신(女神)은
달빛 속에 젖은 미소로
사랑을 희롱하노라

풍향계

언제 어디서 무슨 일이
일어날지 모르지만 …
수첩 속에
빼꼭히 쌓인 그리운 님들

봄바람이
닫힌 문을 열어주니
순진무구한
미쁨의 별꽃들

메뚜기가
긴 여름을 뛰어넘듯
눈꽃 속에서
배시시 웃는 복수초처럼

돛을 단 훈풍은
환희와 함성으로

매화의 눈망울에
연분홍의 미소가
노을로 날갯짓 한다

제 2 부

인생은 세월의 낚시꾼일 뿐이다

삶이란
인생사 무지갯빛
꿈을 먹고 사는데
어제는 추억이고
오늘은 파도 타기 하는 날
내일은
희망의 등대

생(生)과 사(死)

애벌레가 둥지를 털고 나와서
나비로 환생하여 천국문 두드리듯
나무도 땅속에서 지상문 두드릴 때
햇살은 어서 밖으로 나오라고 부르며
가용의 영양분을 자극하여서
지속적으로 밀알이 싹트게 하여
나무로 환생의 싹을 틔우듯이

사랑은 아무리 힘들어도
내려놓을 수 없듯 모든 피조물은
사랑을 먹고 자란다

그러나 생(生)과 사(死)는 하나의 꽃길로
죽을 때가 되면 무지개를 그리는
사람은 세월의 꽃가마를 타고가고
나무는 단풍의 꽃길을 깔고 가듯
이렇게 헤어지거나 떠나갈 때는
자신의 지난 삶을 뉘우치는
본색을 드러내면서 떠난다

내가 죽거든 현충원으로 오라

내가 죽으면 호국의 광장에서
신의 군단으로 가는 길을 보라

하얀 영혼의 면사포에
태극기 꽃무늬가 되어
추모의 사열을 받으며

국군의장대가
조총으로 쏘아올린
천사가 되어서
하늘나라로 가노라

나는 국가유공자다
내 조국의 수호신 되어
지하병정의 군단으로

영원무궁한 파수꾼 되어
사랑하는 내 조국
대한민국을 지키리라

사랑의 출구를 내지 않더라도

그대 가슴에 불꽃이 타오르기를
내 기도가 눈물이 강물이 되도록
그대의 순례가가 되어서

당신의 앞에 경건이 꿇어 엎드려
달빛이 입을 맞추는
사랑의 불꽃을 지피우리라

사랑스런 그대의 발자국 따라
내 숨결이 그렁그렁 눈물 되어
그대의 마음을 사로잡아서
파도가 발자취의 흔적 지워가도

내 사랑의 기쁨이 충만하도록
눈을 감고 그대와 입맞춤을 하면
그대의 가슴에도 기쁨이 되리라

사노라면 징검다리 건너가듯

가을낙엽이 떨어지면
마음이 쓸쓸해지는데
지하도에 노숙자가 깡통을 놓고
엎드린 것을 보면 가슴이 쓰리다

기차역의 기적소리 울려 퍼지면
애련한 그리움의 꽃이 핀다
청명한 하늘을 바라볼 때는
날개를 달고 날고 싶어서
가슴이 후련하다

저녁노을을 바라볼 때에는
내~ 인생의 퇴로가 보이듯
눈시울만이 적셔지는데
보름달을 바라볼 때에는
어머님의 얼굴이 떠오른다

기찻길 육교에서 세상을 보면
나그네의 집시가 떠돈다
고독은 통증 없는 꿈의 산실
내 안의 담과 벽을 허물고 싶다

인생은 세월의 낚시꾼일 뿐이다

지난 일은 추억이고
내일은 희망이다

추억은 꿈을 먹고
내일은 등대꽃이 핀다

추억은 상처의 발자국이지만
희망은 시냇가의 길이다

추억과 희망은
유리벽사이지만
과거와 현재는 어울림이니까

인생은
세월의 낚시꾼일 뿐이다

무심천의 교교한 달빛처럼

무변(無邊)의 하늘나라
영롱한 찬 이슬방울로
꿈속에 가다보면
사방이 지뢰밭이라도
길은 열리고

일방통행을 하는
바람의 휴게소처럼
인간(人間)도 바람에 흔들려
갈대처럼 춤을 추니

무심천의 교교한 달빛은
물안개다리 위에 애잔한
들꽃으로 피어나니
산사의 목어(木魚)만
바람꽃으로 피면
불면의 밤은 숨소리만 거칠다

세상(世上)을 저울질만 하는
수평선 아래
가슴의 지느러미만 남는다

사유 그리고 그리움은

눈썹달에는 명지바람이 떨고 있고
하늘에는 곡예 하는 고추잠자리
호면에 숨 몰아쉬는 붕어 떼들

가을산은 텅 빈 가슴으로 흐르니
멀리 떠난 님의 그리움을 알겠는가?
새벽닭의 울음소리가 환청 같으니
강 모래톱에 풀무늬가 떨면 가여워라

빛이 내 마음을 움직여 시를 쓰지만
달그림자를 밟고 가는 나그네는
두물머리가 머무는 냇가에 앉아서
황혼에는 오로라를 품고 가려는가?

공간

가슴의 가녀린 꽃망울들
다 불태워 버리고
이젠, 까만 재만 남았는데
텅 빈 그곳의 그리움은
회한만 남았습니다

깨달음은
시린 가슴에 우산만 쓰고
허공에 메아리치는
흔적만 사라질 때까지

유리창문을 긋고
흘러내리는 빗줄기처럼
뿌리 없는 잡초들만 무성하니
영겁의 무거운 껍질은
말라 비틀어 진 눈물자국만
민낯을 닦아내고 쓸고 있습니다

서산마루에 저울질만하는 인생
신호등과 같은 삶을 살라하네~

보리피리 불던 날에

나그네 초록빛 바다가
넘실대니
청보리 피리를 불던
죽마고우 악동들은
미리내의 조각구름은
운무로 떠돌이 하니

만월처럼 그리운
옛 친구들의 환영은
부서지는 햇살 속에 일렁이면

봄날의 꿩은
보리밭의 이랑 속에
밀알을 품고 있다

깜부기로 붓 칠을 하며
광대놀이 하던 추억만
가슴속에
몽롱하게 머물고 있다

사유 그리고 유혹은

햇살이 유혹을 하면
칭얼대던 아지랑이를
토닥토닥 잠을 재우듯

낮의 숲은 활화산이 되고
밤의 숲은 침묵 속에서
별들이 재롱을 떨면
문득문득 그리운 성좌

꿈을 가꾸는 여정은
선무당이 사람을 잡듯
삶은 언제나 미소로
나를 유혹을 한다

시(詩)을 통해서 감흥에 젖고
예(禮)로 세상 바로 서게 되면
음율(音律)은 흥취를 돋는다

붉은 와인에 취한 노을은 가고

우리가 산다는 것은
무지갯빛으로 태어나서
와인에 취해 노을로 내려앉듯이
시린 가슴속에서
시간을 지워가는 것은
사랑과 슬픔 속에
갈무리를 하는 것

우리의 인연이란 무색체로
갈대의 흔들림 속에서
끊임 없는 발자국을 따라

사랑의 고뇌와 번민과
숫한 슬픔의 늪도
꿈의 밀어로 돌고 돈다

지난 세월은 꿈이 되고
내일은 등대가 되는
그대의 이름을 부르면서
사랑의 노래를 부르리라

자화상

까치집의 아침 확성기 소리는
무한대의 공간을 채우고
소꿉장난 치는 뭇 새들의 춤사위로
지워지지 않고 끝이 보이지 않는데

빈 손짓만으로는
감출 수 없는 여울을 부비는
달의 가슴도 없는데

석양은 바다를 불태워서
파도를 잠재우고
수평선은 잡힐 듯 말듯
그림자가 지워지지 않는데

하늘 문을 닫기 전에
침묵으로 다가오는 지난 기억들
꽃 입술을 깨무는
동정녀의 자화상처럼~

지팡이

내 마음의 균형자로
사로잡는 한줄기 달빛은
내 심장을 파먹는
까마귀로 숙성시킨다

어머니의 탯줄만
심장에서 널 뛸 때
동안거의 안개꽃 속에서
침묵해야 할 해탈(解脫)은

누가 누구를 위한
곁가지의 다리를 건너가는
세상사의
지팡이가 될 건가?

삶의 값진 수레바퀴

말의 발굽처럼
뚜벅뚜벅 걸어가면서
모진 풍차 속에 시달려서

이마는 인생계급장 그리고
머리는 억새꽃이 피어나니
손, 발은 오리발이 되고
허리는 활처럼 굽은 것은

인생이라는
삶의 값진 증표인 것을
그 누가 탓 하오리까
남은 인생은 짧을지라도
삶의 무게는 심오한 진리로
꽃가마를 타고 떠나는 그날에

사랑, 열정, 믿음의 감동을 주는
내 인생은 값진 삶이였노라고
박수갈채를 받으면서 퇴장하는
혹세무민들의 선구자가 되어서
미지의 꿈속으로 사라지노라고

초야(初夜)의 망루

태양(太陽)을 삼킨
멍울진 몸부림으로
연무 속에서
가로등은 졸린 듯
불면에 시달리고

나비처럼 날고 있는
여객기의 깜박이 등은
은하수로 수를 놓는데

새들도 둥지에서
불면증에 몸살을 한다

시선을 멈추게 하는
갈대꽃이 서로 비벼대며
넋두리를 하니
들꽃에 입김을 불어 넣는
이슬방울이 웅성거린다

이 밤은 어둠이 정지된
나를 결박하고 있다

춘하추동

봄이 오면
꽃등불을 켜고 오는
벌, 나비 떼의 군무가
신궁으로 가는 거다

여름이 오면
반딧불이가
은하수로 반짝이며
꿈을 안고 가는 거다

가을이 오면
달빛그림자를
밟고 오는 심연의
귀뚜라미소리가
처연하구나

겨울이 오면
온 세상 잠들고 있을 때
하얀 나비 떼가 춤추는
수호천사가 되어
온 누리에 평화를…!

산수갑산

파란 하늘을 빌려와
산의 맥을 이루고

산의 가슴을 빌려와
주막집에 호롱불을 켜고

냇가의 여울목 따라
석화가 햇살을 품네

산하(山河)를 아우르는
강은 긴~ 가슴으로
꿈을 어루만져 주는
안식과 평화를 공존한다

명사십리

하얀 모래성에
사랑의 언약을 엮었던 망상은
그토록 애절했던 외침도
옛 추억은 파도로 밀려오듯이
한 폭의 수채화를 그리면
스케치북에 담고 싶은 노을이 되어
하얀 거품을 토해낸 파도
기다림에 귀를 열고서

파도가 쉼 없이
춤추는 감동의 무대 틀 속에
멀어져가는 수평선의 쪽배가 그립다
별빛의 마음 소용돌이는
꿈의 나라로 펼쳐진 백사장
해당화 연정 속에
저녁노을로 붉게 물드니

괭이갈매기 노래하는 풍광 속에
맨가슴에 알몸으로 선 나는
은빛물결에 춤을 추니
한 폭의 무아지경에서
뱃고동소리에 장단을 맞추는구나

시어를 품 안에 품으려면

제 눈에 안경인 것처럼
발에 잘 맞는 신발이 되어야 자아를 발견하고
세상의 모든 피사체가
인간 본능의 도덕윤리를 봉합하는
진리탐구를 고뇌와 성숙으로

삶의 꽃길도 자갈길도 마다하지 않고
에너지 근원인 창작의 자아를 형성하는
이미지에 존재를 봉합해야 하는 길로
하늘 길과 대지를 토닥토닥 걸어가듯
긍정과 부정의 저울대로
샛강물이 봇물로 흐르듯이

삶의 주체가 자신이기 때문에
각자의 선택은 자유이겠지만
엇박자가 없는 꽃바구니에 담듯
마음을 담금질해야 하지 않겠는가?

한 줄의 시적 언어가 에너지의 꽃으로
보석과 보약이 되어 모닥불로 피어오르듯
향기 나는 천리향이 되어야 합니다
시어는 자신의 삶과 창작의 등불로
온 세상에 변화를 주는 감동과 공감으로
희망과 행복, 평화를 주는 보편적 가치입니다

정제되지 않은 언어들을 순화하는
석공처럼 다듬고 또, 다듬는 고뇌의 충돌에서
조각으로 작품을 만들어 가듯이
소통은 서로의 행복을 추구하는
시어가 신호등처럼 희망을 주는
언의 마술사가 아닌가 싶다

영겁의 인연

자연만상의 하나인
인간은 피조물로
신록은 시작이고
희망이며 생명의 박동이다

산짐승들이 새끼들을
소리로 불러들이듯이
망망대해의 등대도
해무가 짙게 끼면
나침판의 깃발이 된다

우리 인간들의 삶도
그대가 있기에
내가 있다는 것을
서로가 치유하는 마음으로
긍정적인 사고로
애정과 배려로 동행하는 것은
자신을 위한 것이다

물의 신비여

성수로 영혼을 담금질하듯
우주가 공존을 하면
자연의 귀를 열고서
물은 언제나 마르지 않고
허기진 갈증과 해탈도
무색무취의 화합으로
한 곳에 머무르지 않고

가장 낮은 자세로 흐르고
물줄기가 구비마다 부딪쳐도
모든 것을 포용하면서도
화마 같은 불기둥도 잡는
치유의 신비다

자신을 드러내지도 않고서
끊임없이 길을 키워가며
대양으로 꿈을 싣고 가는
상서로운 파수꾼 신비를 품듯
모든 생명을 보듬는
지구의 혈맥으로 흐른다

내 마음속의 풍경화

하늘이 바다가 되고
바다가 하늘이 되니

파아란 창가에는
하늘엔 구름이 날고
바다엔 파도가 날고

하늘엔 별빛이 튀고
바다엔 등대꽃 피니
호수는 하늘을 담고
하늘은 호수에 꿈을 묻는다

나는 가슴과 어깨 위로
하늘을 짊어지고
바다의 돛단배가 되니

하늘은 바다를 담고
바다는 하늘을 담는다

제 3 부

나는 내가 낯설다

저울
천지는 서로의 무게가
벼랑 위에 서 있다
그 공간과 공간 사이는
구름빵 만 넘나들 듯
길 위에서 시소 타는
영혼의 목울대만
꿈을 산란하는가?

사랑의 미로

사랑은 안개 같은 미로 속
터질 듯 부푼 유혹이지만
정은 갈수록 오래 묵은 장맛이나
사랑은 흐를수록 희미해진다

미련은 집착이고
욕심은 탐욕이니
참선을 통한 무아로 가는데

삶의 진액은 레몬의 향을 통해
바람 스치는 하얀 그리움으로
사랑은 익어가는 것

사랑은 정원에 꽃을 가꾸듯
신앙처럼 사랑을 지켜줄 때
기쁨과 행복이 오듯이

사랑은 아픔마저도
황홀한 축복이다

애드벌룬 같은 꽃구름 꿈꾸나

용(龍)꼬리 무는 은하수 터널 속
립스틱의 입술을 한
여인의 소망처럼…

물오른 오선지에
자연풍의 악보에는
사랑의 풍물이 있고
노래와 춤이 있는
꿈을 먹고 사는
천지(天地)의 유전자
가슴이 있었습니다

삶의 갈증을 느낄 때
하마가 별을 담금질 하듯
열대지방의 코코넛이
그리워지는 것처럼…

나는 내가 낯설다

세상에 저당 잡힌 영혼
시간이 비켜간다 해도
퇴로가 보이지 않으니
천둥소리에 현기증을 앓는다

생(生)과 사(死)는
한 뼘 사이일 뿐인데
곡진(曲盡)한 마음으로

거울 속에 선 나는
내가 나를 낯설듯
나의 시선은 얼마나 정직할까
산다는 건 끝없는
거울 속의 나를 바라보는 것

별천지의 소모(笑貌)*

천사가 긴~ 꼬리를 달고서
하얀 별빛 그네 타고 오시네
떨림으로 그대 가슴에 품는
너의 심장에 움트고 오는데
흰 소금으로 수혈 받은 대지가
봄의 푸른 영혼이 자라는구나

대지 위의 마른 풀잎 사이에
백조로 내려앉은 자태가
너의 목마름을 적시며 꿈을 주니
네가 돌아오는 길목에 누워서
봄바람의 냄새에 흐느끼며
동백꽃이 슬픈 영가를 부르니

눈알이 팝콘으로 튀어서 나오는
설중매가 뜨겁게 허물을 벗고
샛노란 몽환은 구원의 문을 여는
해오름이 바람의 야누스와 함께
다사다난했던 지난날의
비루한 삶의 흔적들을 지우나
첫눈 내리는 날의 첫사랑처럼…!

*소모(笑貌): 웃는 모습

내 안의 조리개 눈망울

겹겹이 쌓인 눈꺼풀 속에
그리움은 꽃으로 피어나니

예언자적인 시인의 꿈이
강물처럼 흐르는 고요 속에
주술적 서정에 머무르니

내~ 안의 가슴속 만곡이
생로병사의 갈 길은
멀고도 험할 뿐이다

삶의 추락은
짧은 아픔이지만
세상을 바라보지 못하여도
전대미문의 사유를 품고 있을 터
내 마음 속의
그림을 그리고 있다

눈망울은 별처럼
무르익어갈 테니까

심해에서 나를 보니

바다의 속울음으로
삶의 무게에 갇혀 나오지 못하니
겹겹이 밀려드는 파도 속에서
마음 안에 세찬 빗줄기
조가비의 나이테 없는 그림 그리고
바닷바람의 그물에 걸려도
오르간 치는 내밀한 그리움은
사랑의 욕망을 채울 수 없는가?
속내를 알 수 없는 전설의 고향처럼
심해(深海)의 동굴세계에서
별들이 바다에 미끄러지는 밤배는
발정 난 마녀가 수없는 자맥질로
애증의 그림자 흔들어 깨워주는 요정
바람은 발자국을 남기지 않는가?
파도소리가 가슴에 저미는 바닷가
몸살 난 내 발자국만 백사장에 남기고
서로가 눈이 되고 날개가 되어서
합창을 하는 마음의 파도가 되기를
붉은 빛을 토해내는 태양(太陽)은
바다에 수없이 자맥질만 하누나

외로움

모래알처럼
꿈이 얽히고설킨
백사장의
발자국을 지우면서

나는 갯벌로 가서
게들과 숨바꼭질을 하며
함께 놀고 있는데

파도가 두루마리로
님의 옷자락을 삼켰다

삶의 옹이는
상처가 아닌 꽃순이니까
나의 노래를 잊어버릴까
노심초사하면서

새가 새장에 갇혀서
불안해하면서도
무엇인가 갈망하고 있듯이

해조음

해조음을 따라서
노래를 부르고
영겁의 세월 따라
허기진 욕망들…

심안의 불길 속을
늘 푸른 대숲은
가슴을 쓸어 담으며
잡귀들은 물러가라고

겨울 빛의 옹알이가
하얀 대지에 수혈을 하니
구름무대에 춤추며
혼백으로 나부끼듯
소복의 엽서를 띄운다

하얀 형광등의 천사들

하얀 눈의 은하수들이
꿈의 날개를 펴고서
강강술래노래를 부르며

허공에서
바람과 숨바꼭질하네
하얀빛 눈동자로
반짝반짝 거리는
반딧불이가 되어서

하얀빛 천사 날개를 접고
내 얼굴에 미소를 지으며
살포시 키스를 하네

그 고은 백금눈동자 하나가
내 어깨 위에서 속삭이며
내 가슴의 박꽃으로 피네

세상은 가면 뒤에서 울고 있나

인간사는 세상의 터미널과 같다
각자의 안경 잣대로
자기방식대로 세상을 보듯이
수문이 열린 폭포수처럼
가끔은 하늘에 매달린 나를 본다
호수가 산을 품는 것은
가슴이 넓어 포용하는 것이 아니고
꿈과 의지를 소유하고 싶은 영혼은
물방울 하나로 망망대해를 이루듯
시공의 그리움 그림을 보고 싶어서
세속의 행복은 아름다운 공간에
너와 함께 머물 수만 있다면
세상을 거부하지도 않고
꽃잎처럼 미소 지을 수 있으랴
마음 안의 분심도 시선에 관심도
파도가 갈매기 떼들의 울음처럼
돛단배가 춤과 자장가를 부르니
노을도 눈을 감고 바다에 눕는 것처럼

세상 사람들은 시선보다도
손바닥 안의 세상에 몰입하고 있으니까

잡초 같은 삶의 굴레 속에서

까닭도 모르는 잡초로 태어나서
무형의 언어를 속삭이는
초록의 물결 따라서
꿈도 키워가려고 하지만

하얀 꿈을
무참히 밟히는 숙명 속에서
속울음을 달래기 위해서
질경이의 눈처럼 충혈 된
눈빛으로
고독을 떨칠 때

독버섯처럼 돋아내어야 하는
고뇌에 지친 사유는
세월의 흔들림 속에서
자중지란을 해야 하는
일그러진 숨결을 모아서
영혼의 슬픔을 달래려는가?

노숙자

까마귀가 먹구름을 몰고 오니
문풍지가 울어대는 창가에서
천둥소리가 귀를 울리면

칼바람이 나목에 매질을 하니
나목(裸木)은 노숙자가 되어
나뭇가지는 한잎 두잎 길을 헤매며
가시밭에 선혈의 꽃으로 드러눕는다

사슴이 포효(咆哮)를 하듯
슬픈 눈망울을 적시면
심한 열병으로 토하니
나는 개똥벌레가 되는가?

그러나 새봄의 수맥 뛰는 소리에
황혼에 불타는 가슴을 견딜 수 있을까
태양을 정수리에 이고
지존을 흔들어 대는 숨고르기를
새벽녘 진주알 이슬을 받으며
구미호가 산란하는 호숫가에서
새 둥지를 튼다

생명은 곧 소멸로

추억의 시추가 그리움으로
분탕질하는 동토에서
나그네의 소맷자락을 잡는

사랑은 식는다는 것은
꽃잎이 시든다는 것

매미가 사랑의 노래를 부르는
허기진 빈자리에 머무는 그대

가슴속의 서러움을 차곡차곡 채워
그리움을 묻고서 순화하듯
세월의 무상함을 삭혀서
마음이 우중충할 때 외침이 있다

어릿광대로 찬미를 하는
종달새가 공중부양을 하니
불꽃 같은 사랑으로
그리움을 가슴속에 채우고 있다

이상한 안경

나뭇가지는 새를 품고
기다림의 침묵 속에 피어날
따사한 사랑을 품듯이

숲이 노래를 멈추니
새들은 날개를 접고
영혼의 눈빛만으로

적막강산에서
세상을 꿰뚫어 보듯이
관성이 되살아나
행, 불행이 유영하려는가?

비워지면서 채워지는 것
노을 속에서 용해되는
억겁의 수수께끼 같은
가슴앓이를 하려는가?

어머님의 옹달샘

어머니의 봉긋한 유방은
봄 향기가 시공에 날숨들숨 하듯
젖꼭지는 꽃망울의 사탕으로
빨면 빨수록 달콤한 사이다이다
어머님의 유방은 옹달샘으로
빨면 빨수록 젖과 꿀이 흐르고
멈추면 채워지는 곳간이다

어머님의 유두는 장난감이다
엄마의 배꼽에 앉은 아가는
손가락을 꼼지락거리면
어우렁더우렁 환희가 춤춘다
나는 보름달을 바라보면서
어머님의 모습 그림을 그리고
땅거미가 지면
서글픔의 애수로 노을이 된다

어머님은 천상의 수호성인이시다
가정의 만수무강을 기원하는
보름달의 정화수로 기도하시던
진부한 사랑 그 모습이 애잔하였다

비 눈물의 잔상

하늘 빈 구멍을 뚫고 오는 비
우산을 함께 받던 연인들
서로 대화하며 서성이는 너
이별 앞에선 연인의 눈물처럼

정체를 알 수 없는 물음표로
온 누리에 등고선을 그으나
이정표가 없어서 그만
함몰하는 동굴 속으로 뒹굴고
비바람은 나무의 숲 사이를
점호를 취하듯이 훑어가니
소복한 하얀 눈망울 옷자락을
손사래를 저으며 웃고 있다

허공에 난파선을 긋고
나무에서 등산을 하는
개미떼의 무수리들
갈팡질팡 길을 잃고 있어
천재지변(天災地變)은 서로가
약속을 기할 수 없는
마(魔)의 산물이니까

황사

중국의 난기류를 타고 오는 불청객들은
지구에 잉태해서는 안 될 안무극(按舞劇)
수억만 년의 뭇 생명체들을 짓밟는
황달귀신으로 비단하늘을 떠도는 퍼즐들

봄이 오면 언제나 뱀 혓바닥 날름대듯
자궁 속에 남몰래 태교하며 자라나서
인해전술처럼 숨통을 옥죄어 가는
물귀신작전을 하는 오랑캐들의 산물로
조국을 반 토막 낸 철천지원수들이여
짝퉁천국인 오랑캐가 우리 금수강산에
불법씨앗을 뿌려서 천기 흐리게 하는
막가파 점령자, 가슴 열지 않는 원수는
지구상 밖의 지옥으로 멀리 떠나가라

중화사상인 저질문화오염의 독버섯들은
말라비틀어지는 해바라기의 꽃대처럼~
지구상에 가장 빈부차가 심한 공산당으로
의심 많고 음흉한 속임수로 노략질하는
천인공로 할 국민성을 가진 하마 입이다

거울공연장

명경을 달아 놓은 호수와 하늘 숲
관객은 자연이고 주연은 하늘, 조연은 호수
배우는 서로가 벙어리의 시소게임으로
하늘과 호수가 술래공연 할 때
새가 하늘에서는 날고 있지만
새가 호수에서는 잠수를 타는데

하늘을 향한 수양버들의 가지는
호수에서 물구나무를 서며 다가오며
현 위치가 구심점이라고 우겨대지만
나도 하늘과 호수에 거꾸로 줄타기를 한다

미풍이 호수에 구름과 물놀이로 일렁이면
내가 나를 만나는 호수 거울은
하늘도 나를 만나러 호숫가로 달려온다

풍경은 시시때때로 스크린으로 변화하니
호수와 하늘의 거울도 공감하지만
서로가 시작과 끝이 없는 연서를 쓴다
주인공인 나는 박쥐가 되어서
내 발끝의 꼭짓점은 반석이다

우주정거장

우주가 하품을 하듯
삶의 속도에 맞춰
요요현상인
해무의 연체류가
찢겨진 그늘에서
양심은 구겨져도
잃을 것도 없고
가진 것도 없는데

소나무가 물구나무 선
호수의 빈자리에는
중원의 별빛만
미완성의 언어는
우수수 떨어지면
하늘과 구름 사이
징검다리를 놓고 가는가?

침묵하는 실루엣처럼
흐린 눈빛으로 바라본다
우주정거장에
목매고 앉아 있는 나그네
이슬비 내리는 강가에
도요새처럼 스산한
고독으로 몰고 가는
황량한 바람소리

하품을 하는 햇살이
여인의 가슴에 아련하게
환영으로 서걱거리고 있다

지구는 원점에서 갈망하는가?

찔레꽃 순정

명지바람이 부는 마을 어귀에는
별무리를 헤아리듯
심장을 맞대고 뜨거운 입맞춤의 향기
전설이 숨 쉬는 인연의 끈을 잡고
찔레꽃 숨결에 귀를 기울이다가
손 내밀어 아릿한 향기 품어주던 그대가
소년의 꿈을 심어준 순정은
인연의 끈을 못내 멈추지 못하여

먼~ 기억의 저편에서
찔레 순을 나누어먹던 그 시절은
고난의 유년시절 어둠을 비틀고 간
뭉게구름처럼 피어오르듯
사랑의 속삭임이 없어도 좋다

지금은 어찌하랴, 세월을 묵힌 눈물은
이슬을 머금고 있는 꽃잎의 날개 위로
너와 내가 머문 바람의 행렬 사이
그대와 다시 만날 숨결이 흐르는
하얀 그리움의 순정은 날갯짓으로
하늘하늘 천상에 손짓을 하누나~

고정관념을 깨자

세월을 켜켜이 쌓아놓고
깜박이 등도 없는
고정관념(固定觀念) 때문에

축복과 저주, 동반한 바람처럼
하나의 행운은
자주 찾아오지를 않는다

험난한 세상에서 당신이 떠나면
꿈이 멈추는 거야
하지만 팔팔한 심장은
세상에 용기를 준다

황금비가 내리는 날
너와 내가 함께한 시간이
지순한 사랑은 끝나지 않았으니
배설물도 하나의 심장, 근간이다

인생은 바람 따라, 물결을 따라
부표처럼 떠도는 것이다

축복(祝福)

산은 맥을 이루지만
산 너머 산이 있고
바다는 강을 거부하지 않듯

사랑의 불씨는
작은 가슴에 별이 되어
무시로 반짝이듯이

낮달은 그리움에
서로 입, 맞추고도
영혼과 영혼이 별이 되듯

사랑은 날개를 펴지 않아도
또 하나의 축복을 위해
는개가 되어 흐느끼듯이

너와 나는 사시사철 껴안고
뜨거운 노을이 되어 웃는다

제 4 부

우리는 같은 배를 타고 있다

창파가 입을 다물면
언어의 절간에
평화의 징소리가
입을 열면 꽃바람 서릿바람
광인의 기도로
풍광은 시시때때로
변화를 춤추는
스크린 속으로

아름다운 꿈이여

(노래작시)

한~ 세상을 살아서가는
풍진세월의 질곡도
바람이 빗질을 하고 가면
마법의 빛살무늬로
풀잎 위의 은방울 기침도
낙엽의 발자국소리도
임을 부르는 마천루에서
별들이 하늘에 춤을 추듯
아~ 아름다운 꿈이여, 사랑이여…

붉은 와인에 취한 노을도
바다에서 자맥질을 하니
둥근달은 임의 창가의
베개 위에서 서성이니
고무풍선을 안고 있는
그대의 부픈 가슴속에
천국과 지옥을 오고 가는
월계수와 꽃들이 피듯이
아~ 아름다운 꿈이여, 사랑이여…

우리는 같은 배를 타고 있다(同舟共済)*

마음과 몸을 괴롭히는
번뇌에서 벗어나려면
세상의 상처가
가슴에 파편으로 박히듯
가슴을 두들기는 천둥소리를
허공에 토해놓는 비명일까

희로애락(喜怒哀樂)은
섬광으로 피어오르면
공상영화도 가슴에 파묻힌다
이웃은 항상 좋은 모습만 보이고
내안은 부족함만 느끼고 살지만
우리는 같은 배를 타고 있다

그대 가슴 내면의 박동소리가
시선을 꽃바람으로 불면
벌 나비가 꽃잎에 감전되어도
아픔마저도 황홀한 축복이 되듯
내면의 깊고 깊은 그윽한 향기
삶의 진리를 전해주리라

---

*同舟共済: 같은 배를 타고 함께 (강을) 건너-어려움 속에서 일심협력하다.   83

꽃망울

세월만 마모시키는
잡초의 가슴에 품은 한을
토해놓고 허우적거리는 고독
어둠은 태양을 삼키고
반달의 덫에 걸려서
풍전등화에서 춤춘다

수묵화 구름의 나라
지하 동굴로 점령되더니
용(龍)의 눈이 심층 사이로
번개가 번쩍 뜨고 있다
입가에 머문 붉은 각시탈은
무등(無等)의 가슴속에
이슬로 맺힌 까만 눈썹 달고
푸른 하늘을 흔들어 댄다

영욕의 세월 속에서
황홀한 날개를 달고 나면
웃음과 꿈을 주고
눈물을 닦아주는 여신상
천지를 꽃망울로 승화하리라

파랑새의 소망은

파랑새가 날개를 펴고 와서
당신의 소망은 무엇인가요?
나에게 묻는다면…

태양과의 지근거리가
너무 가까우면 불타서 죽고
너무 멀어지면 얼어 죽으니

태양이 쌓아 놓은 만리장성에서
바람이 전하는 이야기꽃 피우는
원탁에 서로가 마주 앉아서

꿈을 가꾸는 이야기꽃들 속에
콩깍지를 씌운
눈동자 속에 갈무리가 있는

열정, 믿음, 소망, 감동이 있는
사랑의 해바라기가 되길~
이렇게 나는 말하고 싶지만

진리(眞理)가
사람과 문화에 다가가기를…!

새해의 창(窓)을 열면서

빛살무늬가 용(龍)오름으로
천국 문이 스멀스멀 열리고
조국의 금수강산에는
인간의 둥둥섬 설렘으로
홍학군무가 꽃구름으로 춤추는가?

가슴의 심장에 머문 자리
한~ 줄기 빛의 숨소리가
눈부신 기다림의 오르가슴으로
팔딱거리는 활어처럼~

천국의 일주문을 여는
생명의 숨소리는 축복이다

지난날의 지는 해는
소멸로 사라지는 것이 아닌
삶의 흔적인 나이테를 남기고
더~ 희망찬 불꽃이 되고자

희망찬 새해를 맞이하여
새로운 도약의 시작은
너와 내가 공생하는 소우주
인류의 보편적인 개념으로
자신(自身), 내면의 자아를 잘 다스리는
삶의 가치관 구도에 따라서

우주 순환을 위해 박동하는
기적의 생성을 위해서
활기찬 침묵으로 꿈을 거는 거다

어둠은 빛이 생명을 얻고
재충전의 활력을 위한 것
솟대처럼 파아란 하늘에
너와 나는 소망을 품고
어깨동무를 하고 가는 거다

좌충우돌의 쿠션처럼 살라

부싯돌과 부싯돌이 부딪히면
불꽃으로 승화를 하지만…

별과, 별이 충돌되면
별똥별만이 떨어지듯

불과 물이 충돌되면
쓰나미(tsunami)로 밀려오듯이

입과 입의 언어폭력은
좌충우돌로
사람과 사람 간에 충돌되어
원수지간이 되지만…

삶의 모든 충돌 완충지대는
서로의 충격을 최소화하는 쿠션은
위험방지턱을 넘을 수 있듯이

인간관계의 오해와 상처들은
사랑으로 치유될 것이라고…

탯줄거머리의 춤사위

소낙비가 천둥을 지고 오는 날
낡은 전깃줄에 탯줄로 매달려
천당과 지옥을 넘나들며
포효하는 천둥소리에
내 목숨을 걸고 있는
영혼의 가슴을 저울질 하고 있다

바람은 시소처럼 천 길 낭떠러지에
회오리가 칠 때마다
구조신호조차 마비되어
오장육보가 찢어질 듯
절규의 험로가 침묵으로 꿈틀대니

저승사자에게 눈 감고 아옹 하는
관조만을 품고 있다
제 눈에 안경처럼 태풍의 맥박소리가
너의 모습을 거울 속에 담고 있는
신음소리 비명소리로
속울음만 빗속의 연가(戀歌)로 흐르면
먹구름 갇혀진 햇살 속의 나비가 온다

나를 내가 더 잘 안다

삶은 고단했지만…!
모닥불로 피어오르는 희망으로
불 꺼진 창가에서
고뇌했던 가면의 탈을 벗고
마음 안에 복병을 헤치고
불사조가 되어보라고…

거미줄에 얽혀진 풍진세상 속에서
거울의 앞에 서면
언제나 봐도 소멸되어가는
나를 내가 더 잘 안다

시리게 멍든 가슴에 퍼올 수 있는
혈맥의 진통을 고뇌하면서
자아를 보듬는 그림을 그린다

산다는 건 저마다
매미가 한철로 생을 마감하는
노래로 풍유를 즐기듯
가을의 연가를 부르는
귀뚜라미의 처용가처럼~

마음의 여과기로
재충전의 기회로 삼아서
고무풍선처럼 부푼 가슴에
희망을 품고 가는 거다

무지갯빛이 발하는 옹달샘에
감로수의 갈망뿐이다
험로의 덫에 걸린 인생사도

세상은 물레방아처럼
구심점을 돌고 돌아가고 있으니까

고깔모자 쓰고 하늘에 반추하나

화관무를 타고 오는 달빛은
석양으로 붉어 오는데
숲은 바람의 연극에
춤과 노래로 반추하는가?
낙엽바다가 되면 갈무리 하는데
그 소망의 꿈을 잡기 위해서
태양빛을 잡으면서
물안개의 허리를 잡는다

대명천지에 불꽃이 밀어 올리는
모세의 기적은 그리움의 창을 연다
너와 내가 불을 달구면
뜨거운 입김 속에서
몸은 하나의 생체기가 되니까

매혹의 젖줄 황홀한 반란으로
불꽃들을 희롱하는가?
항상 가면을 쓰고 있는 시류에서
생명의 생성과 소멸은
차가운 바람의 언덕에서
불을 품고 있는 불나방처럼

비익연리(比翼連理)

마지노선에서
콩깍지 씌운 눈동자
길은 눈빛 속의 달로 떠 있고
산 향에 미혹되어
바람도 쉬어 가는데
비금의 물소리로
산울림만 가득하구나

무임승차가 없는
철새들은
바람꽃을 따라 가는데

날개가 없는 피뢰침은
하늘을 찌르면서
천둥의 날개를 꺾어
뭇 생명과 재산을
보호해 주는 수호신이다

기억의 저편에 꿈은 불타고

삶을 저울질하며 불타오르는
만삭의 가을방랑자가 되어
상상이 현실로 되어가듯
생명체의 터질듯 부푼 유혹을 본다
점철된 삶의 뒤안길에서
숨어오는 바람소리와 함께
물밀듯이 밀려오는 회한과 그리움이
매화 향기처럼 은은히 밀려오듯
석양 앞에서 불타는 노을을 보며
고독과 명상 속에 내일의 꿈을 본다

삶의 굴레에서 길동무는
서로 손잡아 주고 이끌어주듯
그런 동행이 없었다면
얼마나 삭막하고 고행일까
저마다 향기를 지니고 살아가듯
기대감은 석양의 해넘이로
유혹을 할지 모르지만
우리네 인생여정일지도 모르듯
밤은 귀중한 휴식시간이며
또 내일을 위한 충전소이다

형이상학의 편린들

매듭을 풀어줄 바람의 세계
함정의 길섶은
바람소리만 촉각을 흔들다
밀어올린 산등성이는
세상을 굽어보는 구나

침묵 속에 맴도는 성황당길 너머
실핏줄로 흐르는 물은
열꽃으로 피는 산수화가 출렁이네

사유를 품은 강은
유영하는 하늘도 가슴을 열고 있다
또 하나의 귀결로 되고 싶은
인생의 종착역에서
아슬아슬하게 외줄타기 하듯

모래성에 쌓은 집들처럼
동그라미를 그리는 회오리바람도
신이 목숨을 거두면 그만인 것을~

길 위에 나 홀로 서 있다

밤새 그린 그림을 지우는
새벽 창가 햇살을 매달고
저녁노을에 흠뻑 취해서
지난날 상처를 도려내고
먼지들을 쓰러내고 싶다

채워도 넘치지 않는 탐욕들
갈 길은 찢어진 상처뿐인 걸
벽과 벽 사이 소통하는 창구를
가족을 위해 소진한
영혼을 건져 올리고 싶다

홀로 남는다는 것은
고독이 길어진다는 것
지난날 멀어진 기억은
가슴에 차곡차곡 담아보련다

꿈을 먹고사는 아가*의 노래

빨강 고무풍선 하나가
동해에서 파도타기를 시작하여
서해로 공중부양을 하니

붉은 와인에 취한 노을이
눈물을 흘리면서
바다에 누워서 목욕을 하면

눈썹달이 임신을 하여서
만삭이 된 만월이 되고나니

파란하늘이 축하연을 열자
아가의 별들이 초롱초롱한
눈망울자장가로 찬미를 하니

천사가 사금조각분수로 품어서
반짝이는 네온사인으로 수놓아
온~ 누리에 평화와 꿈을 주노라

---

*아가(雅歌): [천주] 구약의 스물여섯째 권. 시가서 중 하나로, '남녀 간의 사랑'에
대한 내용이며, '솔로몬'이 쓴 것으로 전해진다.

서리꽃 피는 날에

안개 속의 괴리가 멀어지고
꿈을 꾸는 기적소리
머뭇거리는 지난 추억들

물새 떼들의 폐선무대 위서
내 등을 토닥여 주시던
어머님의 얼굴이 떠오른다

물에 젖지 않는 그림자가 되어
가슴속에 염장하여 양지바른 곳
수런대는 미소의 멀미가
길손 속에 스쳐간 인연들
서리꽃 짓밟고 간 긴 밤의 아픔도

허공에 나부끼며 흐느껴 울고 있다
해파리의 촉수가 감전으로 흐르고
수평선 할퀴며 모래톱 속에 잠든다

그대가 길목에 다가오기를

산은 숲을 키우고
숲은 산을 끌어안는데
나무는 가지 끝에 불을 지피면

자연은 숲이 주는 포만감 속에
가슴을 옥죄고 있는 시계바늘
빈손에 빈주머니 뿐인데
삶의 찌꺼기들 비우지 못하니

어제보다 오늘은
빈 가슴에 가득 채우고 싶은 소망일 뿐
그대의 외침이 메아리치는 길목에
정자나무 그늘에서 기다리다 지친 그대

풍구만상(風具萬象)을 저울질 하는
허허로운 빈 가슴뿐인데도
자외선의 마술로 관조하듯
갯벌의 구멍근처에만 맴도는
갯마을의 붉은 농게가
두 눈의 망원경을 열고 보듯이…

삶의 쉼표 하나 찍고 가다

바람의 절규로 꽃잎을 흔드는
문풍지가 떨고 있을 때
그대는 어디서
맞바람이 되어서 오는가
삶의 속울음에 통곡하며
가슴 불태우는 불꽃이 되어

바람의 나이테만큼이나
시련 속에서 피는 꽃 수술도
꿈의 기지개를 켜면

은하수가 이슬방울이 되어
그 숨결의 알갱이들로
그리움을 가득 채워 줄
그대를 가슴에 품어보리라

당신의 영혼 안에 자리 잡고
빛나는 그 눈빛을 적시며
나를 사로잡으니
애련한 솜사탕이 애잔하다

콩깍지 씌운 눈동자

고은 눈동자 하나가
나에게 속삭이며
내 가슴에 꽃으로 피내
인생은 순례자일 뿐
나그네는 아니다
본향의 향수 그리워하며
사랑의 굴레 넘고 넘는다

세상의 빛이 되어주신
부모님의 크신 사랑에
회한과 감흥이 교차한다

세상의 모든 것들이
나를 유혹을 할지라도
번뇌를 깨달음으로
뉘우치고 사는 인내를
내 안에 맞지 않아도
마음을 비우고 살자

학처럼 천사가 되어서
하늘에 훨훨~ 날아보라

여우비가 내리는 날

고장 난 시계가 멈춰진 곳
글자 자판기만 두드리는 선구자

고요 속에 달빛파도를 잠재우고
공허가 유랑하는 물수제비 뜨니
원죄의 도깨비불을 켜고
저승사자의 덫에 걸린 홍도야

늑대가 달을 보고 슬피 우니
달빛 아래 홍도 빛 선연한
당신의 거룩한 입에 입맞춤으로
삶의 브레이크를 멈출 수 있을까

백조는 고고한 척 하지만
수면 밑에서 신음의 노를 젓고 있듯
현실과 과거가 공존하고 있다

장례식장

상가(喪家)의 영정 앞에 조등 켜 놓고
깃털들만 남기고 가는 그녀의 가슴에
향불을 피워서 신(神)을 부른다

사진액자 속에 있는 그녀가 웃으며
사진틀 속에서 걸어 나와 반긴다
영정과 국화가 서로 목울대를 새우면
상주는 눈물이요
추모객은 허무로 헛발질을 한다
조문객은 한 번도 본 적이 없는
영정 앞에서 산 그림자를 그리니
거울 속의 뒷모습만 처연하다
국화꽃과 향불은 스멀스멀거리며
나룻배를 타고 이승저승을 떠돈다

허공에 무덤을 파는 영혼은
산 자와 죽은 자가 주홍글씨로
소라껍질을 벗기고 가는데
나의 내세의 영정사진은
안개꽃으로 영혼을 피어나서
무엇을 말하고 남기고 싶어 할까

기억의 줄을 잡고 선 나그네

그대여
기억의 줄을 잡고 일어서보라
아침 이슬이
나무들 휘감으며 사다리타면서
심장의 고동소리로
음표를 그리며 연주를 한다

누구를 위한 고백의 애모인가 ?

아름답고 행복한 공간에서
너와 머물 수 만 있다면
미소를 함께 지을 수 있으리라
두물머리 잠기듯 물음표 남기면

내 심장에서 불꽃이 튀고
뼛속가지 짜릿한 순정
그 지순한 사랑이어라

내 마음의 주치 의사는
바로 나 자신이기 때문에
빨강신호등에 좌회전하는
과거가 아닌 현실을 직시하라

세속도

언제나 손을 맞잡아 줄
껍딱지 같은 그대
눈빛이 태양처럼 빛나도
모닥불의 정열은
버드나무처럼 춤추는데
양귀비가 아무리 예쁘다한들
아가의 눈망울처럼 예쁠까
산야에 숲이 있다한들
들꽃이 없다면 사막이 아닐까
바다가 수평선이 있다한들
감정이 흐르지 않는다면
마음이 얼마나 메마를까
푸른 하늘과 초원이 있다한들
손잡아줄 메아리가 없다면
감흥이 없는 쓸쓸한 공허일까
바람이 내 마음 머무는 곳에서
살갑게 잡아줄 손이 없다면
발걸음 멈춰야 할 좌절뿐일까
꿈이 창공에서 나래를 치는
그대가 먼 곳에 있다면
외로움에 얼마나 그리울까

동면 속의 달빛 성에

나목의 숲속에
이빨을 드러내는
설해목의 그림자를
자분자분 밟고 오는

달빛 속에
과녁의 화살로 돋아 난
고드름은 춤을 추며

신금을 폐부로 찌르는
살얼음판에 핀
달빛은 구천에 떠돌고

가슴속에 핀
꿈은 잡히지 않는다
이마에 식은땀만
상고대로 꽃만 피누나

제 5 부

풍경 속에 멈춰버린 사유

제 눈에 안경
하늘은 머리, 땅은 발
머리는 눈, 발은 길이다
피지 못할 꽃은
침묵의 여백에
투영된 주름진 골마다
제 영혼을 반추한다

나는 누구인가

나는 과연 누구일까?
한 번뿐인 내~ 인생은
가족은 울타리일 뿐이고
나를 대신해 줄 수 없으니
내 영혼의 꽃밭을 만들고 싶다

세상에 소풍을 왔다가 갈 때는
만고풍상을 다 이고 가는 세파
비늘로 흔적 하나를 남기고 싶다
깃털로 꿈을 날갯짓 하는 것

나 자신만을 위해 살겠다고
소원이 되었던 것 더하고
아름다운 삶의 노력으로
행복하게 살다가노라고
평화무드 종착역으로

기도

주님 앞에서
거북이로 납작 엎드려
하늘을 우러러 올려 보며
기도하는 너는 누구인가

한 세상 천지신명께
가슴을 삭히고 삭혀도
세속의 끝나지 않은 욕망들
기도의 손길로
내 가슴의 번뇌로 삭히니

빛이 지고 꽃이 져도
어둠의 장막이 와도
내 분심을 내려놓고
광야 무아의 경지에서

내 ~ 기도가
주님의 은총이 탑이 되어
십자가에 머물게 하소서

신의 회전문

산은 호수로 마실 가니
호수는 산을 품으며
하늘과 땅의 정지선에서

바람인 듯 물인 듯
바람에 실린 구름에
운무가 허물어져가나

구름위의 빈 배는
바람만 가득 담고 간다

벌침 쏘듯
햇빛으로 인해
목마름도
방패연을 띄우리라

호숫가에
신의 날개를 펴니
가물 가물한
운무가 허물어져 간다

질풍노도

삶은 질풍노도에서
생명은 시작부터
죽음의 길로 가는데

삶의 저울대는
남에게는 추상같이 하고
자신에게는 봄바람처럼
가면의 탈은 없었던가?

삶의 해탈 속에서
마음은 천사로
악마는 꿈속으로 가꾸라

자연의 질서는
서로가 스스로 공생하며
기다림이란
과정을 품고 가듯이

풍경 속에 멈춰버린 사유

나는 소꿉친구라도 만날까
추억을 더듬으며
전광판 같은 불빛 아래로
자분자분 걸어왔지만…

풍경 속에 멈추어버린
시간속의 해거름은
석양이 노래를 부르듯
너와 나는 지고지순한다

사랑이란 기쁨일까
갈매기는 해변에서
발자국의 꽃밭을 만들고
오리는 냇가에서
발자국의 판화를 찍으니

너와 내가 서로 손을 잡으면
서로간의 체온을 느끼면서
감정이입이 상통을 하듯
성수로 혼탁한 마음 걸러내면
내~ 마음의 영혼은 정화될까

별은 나에게

천상(天上) 무한대의
텃밭에서
밤하늘 꽃을 수놓아
밤무대를 장식하는
꿈을 듬뿍 담고서

하늘의 별빛도
잠시 쉬어갈 곳 찾듯이
별의 무수리들은

네온사인 반짝거리며
나에게 날갯짓하는
별 꼬리가 빛의 속도로
내 가슴 속 안에
사파이어를 담고 간다

내 삶의 저울을 거울에 달고 싶다

사람들은
선입견과 편견으로 저울질 한다
남의 허물과 잘못을 지적하면서도
자신의 뒤는 돌아보지 않는다

보고 믿고 싶은 것만 추구하다보니
자신의 통찰력이 없는
모순과 모순 사이에서 방황치 말고
내로남불 보다도
오리나무에서 향기를 찾아보라

자신 모습을 거울의 저울대 위에서
뒷모습을 바라보아라
못 다한 삶의 깊이와 무게가
가슴에 두근두근 거릴 것이다

행복은 삶의 조화를 이루는 것
누군가와도 함께 했던
아픔의 눈물이 고뇌한다는 것을

간이역의 광장

자연풍광만 수려한 간이역은
징검다리의 주마등처럼
떠나고 되돌아오는데

긴~ 그림자만
신기루처럼 멀어져가는
기약 없는 먼~ 기다림 속에서
주인 없는 텅 빈 광장에서

마음의 허허로움은
긴~ 사연만 쓸어안고서
채워 줄 수 없는 퍼즐처럼
그리움의 불씨만 남기고

소쩍새만 울부짖는
만남과 이별의 순례길은
나그네의
뒷모습만 처연하구나

서커스 왕 거미건축가

서커스왕은 선천성의 근시에다가
척추 없는 불구자 만삭의 몸으로
날개도 없지만 요술의 번지점프로

섬과 섬 사이 공간과 공간의 사이
공중에서 서커스로 곡예를 하며
가슴 안에 숨은 비밀금줄을 뽑는
쇠심줄보다 견고한 건축의 명장은

하늘에다가 저인망을 쳐 놓고서
숨 고르면서 집요한 포획전술로
하늘과 땅 사이 물구나무로 서서
하이에나의 눈을 불 켜고 있다가
먹잇감이 잡히면
독침주사 놓아 죽은 것을 확인 후
생존의 딜레마 담금질하는 지혜는

우리들 인간사의 생존의 법칙을
뉘우치게 하는 고도전술이 아닐까

아침이슬

대전(大田)의 선사유적지
적송의 솔잎마다
새벽 손님으로 온
백옥사리를 품고 있다

그 물혹의 종소리가
풍경 속에서 살포시
얼굴 내밀고 미소 짓는다

그 옹달샘 품은 알갱이마다
햇살을 등에 업은 여신들
그 눈동자가 반짝거린다

아침 창을 여는 까치가
고요 속을 반추하는
백옥의 종소리로
환몽의 여운을 긋는다

자의 반 타의 반

인간의 습성은 보고 싶은 것만 보고
믿고 싶은 것만 믿고 싶어 하는데
상대를 생각을 하다보면
하루가 흐렸다 맑아졌다 하는데
썩은 나무기둥을 새울 수 없듯이
아침 햇살이 산등성이를 이고
석양이 산등을 내려올 때
눈물과 미움을 함께 한다면

무지개를 타고 오는 님들
의심은 참을 수 없는 고통이다
끈 떨어진 연처럼
종점이 없는 시계바늘은 숫자몰입에 빠져
새로운 영겁의 시간만 달리고 있다

우주공간에 무수한 생명체가 왔다가
꽃처럼 지면 먼지처럼 사라지는 것
빈자리 떠나 등 뒤에 허공의 물레방아가
인생무상의 메아리로 돌고 있다

어쩌다가 내미는 손을 잡아주던 날
억겁의 인연은 시작 되고
서로가 공통분모를 찾아서
소통과 믿음으로 산다면

서산을 넘는 해처럼 이승을 떠날 때
달무리의 젖가슴을 휘어잡듯이
이별의 회한을 너는 아는 지~
내 청춘을 새겨 놓은 무덤 속에서
잠을 청하며 그대를 기다리라

창파를 띄우는 바람소리

삶은 바람의 옹골찬 뼈에 시달리고
안개 숲의 운무 속에 시달리면서도
포도송이로 꿈을 엮어서 가려는가?

하얀 마음, 까만 욕심의 야망도
지워지지 않는 영혼의 흔적들
수평선의 새알로 항해 하는가?
창파의 사랑 가슴에 흐르는 강

고목도 꿈이 있듯이
시궁창 늪 속의 연화처럼
하늘 속에 박힌 별처럼

숫한 가슴의 흔적들이 각인되어
지우지 못하는 아가*를 부르는가
파도가 배설한 오물도 삼키는
바다의 넓은 포용이 너그럽다

*아가(雅歌): [천주] 구약의 스물여섯째 권. 시가서 중 하나로, '남녀 간의 사랑'에
대한 내용이며, '솔로몬'이 쓴 것으로 전해진다.

단풍

누가 푸른 녹음 위에
누드물감을 풀어헤쳐서
오고가는 가객들의
가슴을 피멍 들게 하는가?

자연의 꽃을 토해놓고
구만리를 떠도는
영혼이 뭉게구름으로
봄의 씨앗을
누가 뿌려 놓고 가는가?

삭풍의 언덕에는

삭풍에 전선줄은 잉잉 울고
멍멍개 덩달아 달을 보고 짖고 있다
희미한 가로등은 누구를 기다리나

한 소절의 시 낭송을 하듯
문풍지 사이로
찬바람이 바르르 떨고 있는데
외기러기는 어디로 가는 건가

노년의 곰삭은 이마지도 위에
상고대의 꽃이 피는 머리는
시베리아 벌판이로구나

그대의 얼음 폭포는
콧노래를 부르니
고드름은 수염을 달고
만물상을 조각하는가?

산새들 텅 빈 광장에서
가슴앓이로 떨고 있구나
산짐승들도 토굴 속에서
누에잠을 자고 있는가?

삭풍은 만물들을
새장 속에 몰아넣고 있는데
산사의 풍경소리는
산울림만 애처롭구나
별이 빛나는 밤
하늘에 음각의 외침처럼…

매향의 곳간

차가운 시샘에서
신음하는 꽃망울들
허기진 그리움에
그렁그렁~
속살로 울려 퍼지는

그대의 눈동자가
미소를 짓듯
햇살 위에 반짝이는
몽롱한 사유여

가슴을 열고서
꿈을 영글게 하는
파란하늘 제단 위의
신비스러운
그 눈망울들이여

가뭄의 거북등

하느님의 눈물까지 삼켜버려
빈 깡통을 찬 산하의 물골들
통곡의 계곡과 계곡 사이에
주홍글씨로 못자리를 했나
속울음으로 꿈의 박제가 된
윤회에서 벗어나지 못한 석화

천우(天雨)는 손짓을 하지 않으니
자연의 순수한 영혼까지 목말라서
억겁의 초침마저 흐느끼니
입김처럼 물안개가 그립다

속옷을 벗고 임을 기다리는
광인의 기도를 통해서
바람의 천둥번개가 날벼락을 쳐도
먹구름을 몰고 와서
이무기가 하늘을 수놓듯
호반에 속살을 키워주소서
거북이 배꼽까지 차오르게
하늘오줌싸개 터널 열어 주소서

우물

구름이 파도타기를 하니
달빛은 만월로 숲을 만들고
별들은 반딧불로 웅성거린다
햇살이 산과 바다를 넘어서
네온사인으로 반짝거린다

나는 그 거울 속에서
물구나무를 섰고
내 맑은 두 눈동자를
눈도장으로 찍고 있다
샘은 맑고 고요하여
내 음성은 메아리치고
동그란 도가니 안에
나는 포로로 잡혀 있다
샘물은 생명의 은총으로
성수(聖水)가 꿈틀거리며

내~ 가슴속의 감로수는
마음의 향기를 줍고 간다
우물은 수심과 수면 위의
이중구도 된 소우주이니까

불 꺼진 항구에

불이 꺼진 항구에 서면
그대와 내가 별을 마주보고
이야기보따리를 풀려고 했지만

서로가 알아듣지 못하는
나 홀로 쏘아올린
벙어리수화로 나누지만
심연의 환희가

그대 동공에 등대가 반짝이면
이국에서 꿈을 꾸는 환상은
그대 가슴의 심해에서
진주보물을 숨겨 놓은 것을

연날리기

내 마음의 저울대처럼
방패의 계산과 본질은
느낌과 의문을 마음에 꽂는다

하늘에 새처럼 날고 싶은 것은
자유와 희망의 날갯짓이다

연줄을
당겨주면 높이 올라가고
풀어주면 먼 길을 여행한다

연줄을
풀어주고 당기는 것은
삶의 굴곡(屈曲)으로
채찍과 당근을 주는 것이다

우리네 인생사는
항상 모험의 줄타기를 하며
저녁노을에 비틀거리는
황혼의 전야제처럼 산다

음악 점역사*의 스므숲*

유혹이란 관심이 있다는 것인데
스므숲이 손짓을 하는데도
너와 나는 혼돈 속에서
서로간의 차별화하는
유혹의 터널을 넘지 못하고
편견과 오만의 전류처럼 흐른다
허나 치유하는 음악처럼~
'음악 점역사'는 음표 음계 연주 방법의
특수부호 200여 개가 넘는 음악기호를
단, 여섯 개의 점(點)으로 10장 정도 되는
악보를 점자악보로 2주간에 번역을 하면
교정사가 와서 시각장애인의 입장에서
피아노 앞에 나란히 앉아서 연주를 하니
가랑잎이 질풍노도에 춤을 추듯
너와 나는 참 평화를 위해
석양의 물방울처럼
선과 악의 연주자가 되지 말고
스므숲으로 포용을 하는
치유의 유혹이었으면 한다

*점역사: 시각장애인을 위한 음악(音樂)의 점자음표(點字音標)를 만드는 사람.
*스므숲: 소나무가 많은 숲.

그리운 동반자여

내 목덜미를 살랑살랑 간지럼 피우듯
커튼 사이에 한 여자의 실루엣처럼
텅 빈 가슴에 누군가를 기다리듯
창문에 얼굴을 내밀고
발자국 소리에 귀를 기우리면서
가슴에 시린 노래를 채우지 못하여
사랑의 빈 잔에 눈시울만 채우는
그리움만 차곡차곡 쌓고
소지처럼 태워서 날려 보낼 사연들
보고 싶은 이름들을 반추하며
그대의 꿈에서 한 떨기 꽃이 되어
차마 떠나보낼 수 없어서
그대의 이름 하나를
입안에 넣고 삼켜버리니
허공을 끓어 안은 눈물이 별이 되면
어디서 왔다가 어디로 가는지
사랑만이 사람을 안을 수 있는
하얀 손수건을 흔들며 가리라
사람은 사랑 안에서
숨 쉬며 보고 싶은 그리움인 것을

그대 생각이 머문 자리

변화무쌍한 숫한 얼굴들
내~ 가슴속에
촛불을 축성하듯
내 뜨락에 모락모락
달덩이가 피어오르면

나팔을 한 번도
불어보지 못한 나팔꽃도
내~ 가슴을 흔들고 가는데
민들레 풍선 타고 여행 간다

춘몽의 버팀목이 없는
외로움만 가득하니
눈빛이 가슴만 녹여주는
그리움만을
물안개처럼 자욱한데

억겁을 따라가는 세월도
그대 생각이 머문, 자리에
꿈을 먹고 꿈을 묻고 가노라

발자취

하얀 눈 위로 거닐 땐
발자국마다
뽀드득 뽀드득 소리에
장단을 맞춰서

숱한 사연을 묻고
나의 분신처럼
그림자처럼~
동행하는 아득한 길
돌아보면 지척인데
다가서면 멀어지고

아~ 살다보면
별것 아닌 인생인데
지우지 못할
지난날 삶의 발자취

내가 지금 가는
발자국 따라
누군가도 가고 있겠지~

제 6 부

희망의 꿈 나래로

사♥랑
꽃과 나비는
키스란 혼불로
환몽을 하니
무녀처럼 춤추며
흐느낌과 아우성으로
천국과 지옥을 오간다

희망과 꿈의 나래로

우리는 꿈속에서 산다. 우주의 도가니 속에
춘하추동의 빛과 그림자가 공존하는
시어의 향기를 품고 달려오는
봄의 전령사가 손짓한다.

자연의 질서 속에
소망의 꿈을 먹고사는 우리네는
미로 같은 미르궁의 누리 속을 갈망하는 걸까?
갈~ 길은 멀어도 새로운 세상을 향하여
한 시대 주역의 산물, 역사를 조명하는
영혼의 시어를 꿈꾸고 사는
우리 문인들은 그래도 행복하다.

내일이 오면 화사하게
태양은 떠오르고
나는 숨 가쁜 한 걸음으로
소랑 말들이 염소 떼들 사이로
풀을 뜯는 초원 위에서
희망의 금자탑을 쌓고 싶다.

가을 산의 혼불

산에 산속에
불이 났다
산등성이로 휘돌고
불이 번져서
보름달처럼 크다

불길이 갈 곳을 잃고
골짜기 아래로 내려온다
촌락에도 불꽃이 피고
냇가에도 불기둥이 섰다

사람도 불꽃이 되고
아침햇살도 황혼도
도깨비불꽃으로 번지니

입을 다문 조개처럼,
긴~ 침묵만 흐른다

미망(迷妄)

사탕발림의
달콤한 입술에 현혹되어
이성이 마비되니
무
엇
이
옳고 그른지 분간 모르고

분탕질만 하는 비속어에
뻥 뚫린 가슴만 할퀴고 간다
거짓은 거짓을 덧칠하고
진실은 진실로 꽃피우는데

시기를 놓치면
비틀걸음으로 무아에 빠지고
진실은 울고 거짓은 웃는다

생각이 바뀌면 신음 속에서
몽유병의 날개를 접는다

노을 너머 선 돛단배

황혼에 가물 가물한
수평선 마지노선의 돛단배는
파도의 속삭임도
하얀 하마의 포말 그리움도

갯벌의 정글에서
파도를 품은 농게들이 문전성시로
그리움의 발자국을 주워먹는데

나의 쓸쓸한 발자취는
세계지도를 그리고 가니
허전한 마음도
그리움도 부수고
노을로 사다리가 되니

검은 혓바닥 해파리 떼가
내일이 다시 또 오면
반딧불이로 환생하여
영혼은 반짝 반짝이는
돛단배 깃발에 빛을 발하리라

과녁의 갈무리

추억의 창고에서 더듬을수록
속살이 보이고
바람에 촛불이 농락을 당하니
갈증을 차마 채우지 못하고

마음의 애증은 되돌릴 수 없는
올무에 잔인하게 잡힌 애증은
돌아 서고 숨을 곳도 없는데
서로가 투정을 부리 듯

노을빛 물드는 기다림의 넋들
낙엽을 짓밟는 소리 서걱거리는
마음도 절망의 강물로 흐른다

노을이 넘지 않으려는
마지노선의
산봉우리에 걸려 있듯
성애로 가득 찬 달빛은
하늘의 사막에서
산허리에 굴러 떨어지는
일장춘몽이노라

생의 본능처럼

생존의 코딱지 같이 말라붙은
숫한 상념들 천사의 퍼즐로
얼굴을 씻는다는 것은
본연의 얼굴로 되돌린다는 것

천지의 신선한 기쁨은
번개 같은 햇살이 떠오를 때
소통의 넋을 품어줄 수 있기에
험한 항로 헤쳐 나가는 선구자로

내~ 가슴이 허물어져도
기억의 창고에서는
함초롬하게도 빛이 나듯이
비워내고 투명해지는
삶의 윤기가 향기로 번져서
허공의 모순을 무의로 되돌리리라

천연의 허공을 굴착기로 길을 닦고
좌판 내린 재래시장 밤의 장터를
꿈의 궤도로 달려가리라

무명의 순교자

별빛을 쌓아놓는 초원의 마천루
한 떨기 무명의 횃불이 되어
세속의 뒤란에서
외로운 산 그림자 돌베개 지고
촉촉이 눈망울 적셔주던
간밤의 이슬을 머금고
빛을 노래하며 묵상하리~

그 임을 사모하는
한 떨기 들꽃으로 승화한 임이여
질 푸른 꽃동산을 수호하는
한 목숨 기꺼이 그 임께 바쳐
순교로 믿음 지킨 들꽃들의 행진
피맺힌 절규로 십자가를 지고
붉은 꽃으로 이 땅에 태어나서
가슴 저미도록 슬픈 나그네들

환희의 꽃으로 산란하니
새들의 교향곡에 위로를 삼아
침묵과 고요, 숙연함으로 사색하며
늘 푸른 산야에 옥향(玉香)을 피우는가?

당신의 아름다운 내면의 소리

당신의 숨은 내면의 소리
벼랑 끝 바위틈에 등 굽은 소나무
오롯한 부동의 인생사
가슴 깊이 사모하리라

사랑을 창조하듯
잔잔한 가슴에 담아 둘
달콤한 꿈의 여운을 안겨주듯
사랑의 파문노래소리 들려주는

꿈의 하얀 날개로 맺은
이슬방울의 보배는

자아 웃음의 꽃망울로
당신의 내면에
마음의 끈을 잡게 해주세요

가슴 저미는 미련 속에 사는가

우물 속에 해가 뜨고
하얀 낮달이 떨어져
꽃잎 속에 춤춘다
석양의 부리로 쪼아서
바다를 삼키고
내~ 마음을 토한다

황혼은 내 얼굴을 물들인다
정화수 속에 웃던 달도
어머님의 자화상처럼
그리운 얼굴들이
별리(別離)의 가슴앓이로
환상처럼 일렁인다

상념과 인고의 서막인
나목처럼 빙점에서
윤회는 탯줄의 바다였다
날개를 접는 삶의 분노가
제자리 돌아오는 영혼의 불꽃
과녁을 뚫는 징검다리는
고향의 역마차가 아니던가

꿈의 날개를 펼쳐라

삿갓구름으로 떠돌다가
산이 산을 업듯
호수가 하늘을 업는다

내 영혼도 방황할까
낮달이 최면 걸고 웃고 있다

나의 분심의 저울대는
나는 과연 깨끗한가
나는 정말 정직한가
나는 의로운 사람인가

그네 띄우는 그대가슴에
문득문득
노래가 되고 풍경이 되어
그리운 사람들도
만날 날이 있지 않을까

바람꽃은 여운을 남겨준다

동녘에 둥근 해가 자맥질로 치고 오르면
어항 속에 갇힌 물고기 떼가
거친 숨을 토하듯 모래시계를 보고 있다
파노라마가 없는 바다는 암흑이지만
사파이어의 빛을 반짝이는 포말은
하얀 긴~ 그리움으로 산란한다

고독한 영혼은 불러도 대답이 없고
삶이 고갈과 역동성으로
숨결보다도 진한
지난날 추억의 안개 속에 엉켜
잰걸음으로 피돌기를 한다

동구 밖의 그리움이 가슴에 덜컹거리듯
눈빛으로 수인사를 하더니
낙엽은 빛의 방향등을 잃은 채
닭똥 같은 눈물을 흘리며
그리움이 아닌 이별의 서곡을 기다림으로
자신의 체온을 느낄 수 있는
유서 한 장을 꽃잎으로 날린다

벼랑 끝에 선 소나무가 태양을 흔들고
세월이 빚은 노란 은행잎은 성찰의
황금수레바퀴를 타고 기다림 속으로
적막만 감도는 달무리가 창살을 지듯
삶의 속도를 저울질하며
나그네를 껴안고 토닥여주는
환희 속 얼굴에서 마음을 읽을 수 있을까

회색빛 거울 속에 뜨는 달맞이

나이가 들수록 황혼이 짙어지지만
마음만은 푸르름이 저물지 않아
무엇이든지 시작하고 싶은 욕망들

허나, 흘러간 세월의 흔적은
가슴앓이로 아프지만
종심소욕불유구(從心所慾不踰矩)처럼
나무가 수액의 젖을 빨면서
그리움을 가지로 품듯이

척박한 토양 위에서
들꽃들의 전쟁은
소중한 꽃을 피우기 위해
간절한 소망이 있을게다

먹구름의 비정한 회색도시에서
네온사인처럼 유혹을 하는
밤꽃들의 짙은 화장과
싸구려 향수를 풍기면서
꿈을 낚는 밤은
회색빛 구름만 각혈처럼 떠돈다

미래가 현재 숲처럼 꿰뚫고 간다

커튼을 열면 자승자박처럼
새가 유리벽을 뚫고 들어오는
불사조(不死鳥)가 되듯
독단배가 질주를 하면
파도는 춤추고 깃발은 나부낀다
심장이 뛰는 나는 허공을 맴돌다가
동서남북으로 방황만 한다
호수에 저린 꿈의 고향하늘
목울대 꺾이는 갈매기의 비파소리도
이승에서 못 다 푼 사연은
꽃구름만 울음을 토하는
강변에 모래알만 모여 앉아서
맨살을 비비어 빈 가슴을 노을친다
물방울이 유리벽에 뺨을 부비 듯
시선은 고정된 눈동자만
애잔한 꽃잎처럼
피를 울컥 울컥 토해낸다
나뭇가지에서 지친 바람의 목소리
달빛을 매달고 있는데
어둠만은 세상에 뿌리를 내리고 있다

이방인의 무도회처럼 살고지고

별빛가로등만 우주선 은하계 주름을 잡는데
산(山)은 번데기처럼 누워있는데
진공청소기로 빨려들어 가듯
눈에 보이는 것은 모두 허상뿐이고
눈에 보이지 않는 것은 미스터리이니까
추억의 꼬리를 흔들고 껌딱지처럼
달라붙은 자화상을 그려 놓고
봄을 색칠하며 오는 안개의 향(香)에 취해서
세월의 마술사는 그대의 성찬을 위해서
가슴에 방아를 찧는 그리움 똬리 틀고 있어
꽃의 입술을 깨무는 동정녀가
낡은 무용담으로 안개속의 벽화처럼
신비스런 기적의 이방인이 되니
하늘이 창문을 닫기 전에
침묵으로 다가가는 꽃등이 있다
빈~ 가슴으로 어루만져 줄
둥지가 없는 뻐꾹새 달무리만 그리워하노라
"싸움터에서 본 것을 말하지 말라"는
영국의 속담처럼…!
초록향기가 콧등에 꽃을 피우려는가

숲은 희로애락을 함께 품는다

산은 지구의 세포 중 하나로
자연의 심장이고 허파로서
산은 숲을 품고 감로수를 준다

나무는 숲을 이루어 산소를 만들고
새들과 같이 노래를 합창을 하니
산짐승들의 낙원이 된다

나무는 바람의 손짓에 멈칫거리며
사계를 변화시키는 담금질로
서로 손잡고 함께 공생을 하며
때로는 고난의 폭풍과 폭우의
자연재해를 막아주는 전도사로서

하늘을 우러러 향하는 마음으로
그리움이 소나기처럼 나래를 치니
꿈을 엮는 뭉게구름은
나를 태우고 어디로 가는 걸가
숲은 지상낙원의 화원(花園)인 것을

꽃길이 아닌 삶일지라도

삶의 꽃길이 아닌 진흙탕이라도
그대가 있기에 나는 가슴을 열고
내가 존재한다는 것을
삶의 무게를 작대기를 짚고 일어서듯
구속에서 해탈의 경지를 이루는
빈~ 낚싯대에 희망을 걸고
별을 낚는 어깨 위에는
별똥별만 은하수로 뿌리지만
마음 안에 반란의 욕구가
아침이슬로 사라지는 착각 속에
이전투구를 하는 세속은
삶의 물보라 속에서도
바람이 햇살에 꼬리를 치며
꿈틀거리는 오뚝이가 되어
하늘에 애드벌룬 꽃으로 어우르듯이
삶은 골다공증의 증후군으로
인생의 비듬이 되어서
무념무상의 꽃잎으로 가듯이
세상은 요원하지만
그러나 생명은 요원한 것은 없다

성찰의 가을기도

파스텔톤을 풀어 놓은
색동저고리를 입고
삶과 죽음의 순환 속에
무루의 기도소리가

공허한 인생의
산울림이 되어
파란하늘에
하얀 돛단배 띄워서

가을의 풍요 속에서
그리움 하나 잡고 싶다

리스펙트의 그루터기

영혼의 꽃밭에서도
인간애가 습관적으로
들숨 날숨을 하듯
영혼을 일깨워 주는
리스펙트(Respect)*는
베아티투도(beatitudo)가 되면

인간 숲의 요정 앞에서
자신의 영상을 볼 수 있는
호수의 눈동자가 반짝이면
산들바람도 숨을 거두고

꿈속의 여신을 보는
공상영화처럼~
내면의 감성을 자극하여
사유의 원탁에 마주 앉아
가슴을 어루만져 주리라

*리스펙트(Respect)는 '존경, 혹은 존경하다'라는 뜻이다.

꿈을 가꾸는 시혼에 머물다

코딱지만 한 강가의 촌락에서
고향의 번지수를 찾지 못하듯
은빛광채가나는 비가 내리면

달팽이가 촉촉한 눈망울로
시를 쓰는 경주대회를 하니
백합에 무지개로 수놓은
무아지경에 빠진 꽃밭에서
철새가 기복신앙에 줄행랑치듯

시(詩)대신, 비문을 쓸지 모르니
삶의 질곡에 아교가 되어서
내~ 어깨에 앙증맞게 짓눌려
봉긋한 젖가슴으로 미끄러질 때
상상의 향기를 파발로 보내서

내~ 심장의 박동을 조절하는
미풍이 산들거리는 꽃밭에는
미소가 입술에 나비로 날갯짓하듯
불후의 시(詩)도 꿈으로 빚으면
내~ 영혼의 성지(聖地)가 되리라

눈빛 속의 조리개가 날고 있다

달님은
호숫가에 둥지를 틀고 있다가
그림자로 허물을 벗고
햇님은
술에 취해서 홍당무가 되었다가
바다의 늪으로 빠지고
가로등은 발자국 찍는 그림자만 안고
님 떠나간 아쉬움만 회고하는데
내~ 눈동자는
촛불로 가물가물 거리면서
소녀처럼 첫사랑에 손짓을 하니
내~ 입술은
목이 말라서 입을 다물지 못하듯
죄를 가리기 위해 향수를 뿌리니
영영 가슴에 못이 박힌
당신의 그리움만 절절 끓고 있다
계절이 바뀌면 옷도 갈아입듯이…
나의 영혼은
전설 같은 로망에 사로잡혀서
예쁜 꽃신을 신고
그대 오시는 날 길목에 서성인다

시간과 운명을 되돌릴 수 있다면

바람이 불지 않아도 수런거리는
뭉게구름을 바라보며
너와 나는 퍼즐을 맞추려고
석양 꽃에 꿈을 엮는 기다림의 시간은
한 번도 우리를 기다려 주지 않고
춘몽은 기억의 창고에서
촛대의 깃발만을 흔든다
시간을 거슬러 되돌릴 수 있다면
지난날의 후회 없는 기다림으로
세월의 빛과 바람이 흘러간 시련도
그대를 지켜줄 수 만 있다면
길이 끝나는 곳에 디딤돌이 되고 싶다
우린 지난날 마음속의 비밀들을
서로가 먼저 말해주기를 기다리며
항상 안테나를 열고서
투명한 눈망울만 흘렸지만…
지금도 흘러간 시련은 그대로인데
얼마나 집착의 청춘을 흘려보냈는가?
너와 내가 함께라면
지난날의 아쉬움과 감정을 접고
시간과 운명을 되돌릴 수 있을까

번지 점프(bungee jump)

시작은 하나의 점(點)에서
기하급수적(幾何級數的)으로 번져가는
사물의 꼬리들을 몰고 간다
세월의 부피만큼 해일처럼 소멸되어가는
지난날의 추억에 절여진 장바구니처럼
가슴에도 꽃이 핀다

길은 가도 가도 보이지 않는데
어리석은 욕망의 덫은
삶의 고백뿐인가?
날지 못하는 비행기처럼
누르기만 하면 터질 것 같은 폭발물처럼
주파수를 맞춰가며
한 방에 날릴 방아쇠가 있을 것인가

나그네 그림자만 드리우는 발걸음은
하루의 흔적을 지우는
세상의 '번지 점프' 원조의 나라
뉴질랜드 '와라우'의 다리에서
노을빛 속으로
내일을 향한 그리움만을 산란하노라

제 7 부

시혼에 머무는 꿈을 가꾸다

심령
내 영혼의 깊은 곳에
섬광이 번쩍이는 곳
광폭한 하늘에
별들이 빤짝이는 곳
수호천사가
꿈을 실어 보낸다

눈먼 통찰의 시간

천사가 마음의 중력을 잃고
껍데기만 사라지는
무덤을 보면 영혼의 혼불도
제자리에서만 맴도는
천지별곡을 읊어대는 사모곡
세상을 살다가 보면
학도 구치소를 넘나드는 창 너머로
이산저산 하늘을 올려 다 본다
눈물이 없는 외기러기처럼~

통찰의 시간 속에서
평화의 무드는 무저항과 비폭력의
양지와 음지의 초록울타리를 너머
님의 모닥불이 기다리고 있으리라
너의 감미로운 유혹에
호방의 혼이 무너지는
날개가 없는 천사가
초록눈물의 머리카락을 나부끼면
체온으로 감미를 하는
꿈의 자궁 용암이 귓불 흔들고 간다

시혼에 머무는 꿈을 가꾸다

귀를 울리는 침묵속의
봉숭아 씨앗 터지는 소리처럼
물도 술을 빚듯이
시도 꿈으로 빚으면
온누리가 꽃향기로 채색된다

종달새가 노래를 부르면
숲은 언어의 향기를 매달고
불타는 햇살을 울리니
제비꽃은 서로 마주보면서
시어의 실타래 속삭임으로

공허의 그림자를 밟고 가면
꾀꼬리 노래로 메아리치니
호숫가의 달빛 속에서
천사가 목욕을 하는
시혼에 머무는 사랑이여라

첫사랑의 기다림처럼

마음의 창에 새가 하늘에 뛰어 놀고
마음은 선을 긋거나 넘지 못하듯
마음간의 측량도 없는
시어가 가슴의 심장에서
노래를 할 수 있어야 하는가
달팽이도 집을 이고 가는데
목말라오는 심연의 소리들
마음의 뜰 안에서 서성이듯
푸른 대지 속에 망자가 되어
침묵의 달빛 속에 흐느끼면
영혼은 불면의 밤을 지새우며
황혼을 가르는 기러기 떼들
아침의 창을 여는 수탉들 꿈처럼
가슴을 열고 사랑을 주는 것
내 발자국 속에 이별을 포개놓은
지난날의 허물만 쌓아놓고도
치유되지 못하는 아픔들을
추억만이 그리워하면서
내 마음 속에서 잊히진 문을 열고
천상의 소리 노래로
한 소절을 가슴에 담고 가고 싶다

애무(愛撫)

사랑을 언약한 키스만을 하고
떠나는 야속한 마도로스
불꽃을 일으키는 키스는 스파크다
그 여인은 아쉬움 속에서도
귓불이 붉어지고 눈에 충혈이 오면
강물이 자갈을 휘몰고 오는데…

원앙은 서로 지저귀듯 말을 해도
그~ 감전된 사랑의 불꽃들을
수평선에 얼굴을 묻고 싶어 하는데…

허공에 사라질 그 사랑이여!
소녀의 블라우스(blouse)가 터질듯 말듯
젖가슴에 부풀어진 도발적인 젖꼭지도
이루어질 수 없는 사랑이 함몰된다면

한 치 혓바닥의 사악한 마약의 말들은
하나의 부도수표에 지나지 않는 것을…!

사랑의 요정

한 마리의 나비가 미소 지으며
꽃잎 위에 하늘 하늘거리다가

꽃의 봉긋한 젖가슴에 현혹되어서
물오른 포도 알의 젖꼭지를 보고
군침을 지르르 흘리고 있는 것을 본
꽃은 미소 지으며 나비를 유인 후
입 속에 양탄자를 깔아 놓으니
나비가 꿀을 따려고 키스를 한다

꽃은 흥분의 고조로 사타구니 샘물이
물안개로 모락모락 피어오르니
나비는 대장간에서 달군 쇠방망이로
꽃 꿀샘을 사정없이 흔들어 불 지핀

한 쌍의 원앙(鴛鴦)이 된 요정은
비명과 신음소리가 메아리치는
오르가슴 속에 아우성치며 흐느낀다

향기의 곳간

연못에 앉아 있는
개구리에게
돌을 던질까 말까 하듯

사막에서 바람이
포효한다고 한들
급류와 맞서 싸우듯

해와 달은
꼼짝이나 하겠나

사랑은 바람처럼
한 곳에 머물지 않고
천리향의 별로
반짝일 뿐이니라

무지개다리 넘는 고향 길

운무가 눈을 멀게 하는
산은 산을 업고
청산에서 회전목마타고
뻐꾸기가 울고 넘는
무지개다리 건너 고향 찾듯이

강은 나룻배가 길을 열고
고향산천 탯줄의 영혼 터전
켜켜이 밀려오는 그리움으로

눈은 깜박이는 등대로
금강이 일렁이는 빛살무늬가
뱅어 잡는 쪽배 너울 치며
는개 속에
눈을 지그시 감는다

깨달음

우리는 우주 속에
하나로 움직이는 원자

행성의 눈동자를 향해
두 팔을 벌리고서
미소를 지으면
지나가는 미풍이
너를 감싸줄테니

비 갠 맑은 하늘에
눈부신
태양이 솟아오르면

황야에
꿀벌을 찾는 쾌락은
한 생애에 창을 여는
꽃 등불을 켜서
귀인에게 빛을 보게 하면

너의 꿈은
현실로 이루어지리라

미풍의 언덕

바람의 연못에
계절도 쉬어 가는데
미풍은 허공을 흔들고
숲은 덩달아 춤을 추니

파도가 입맞춤으로
몽정을 하니
눈썹달은 지그시 웃는다

별빛보석의 성애 꽃
풍경이 울듯 가슴도 울고
하늘이 울면
새는 꿈의 날개를 접는다

세월의 꼭두각시
훑고 간 자리
꽃마차는 송가를 부르니

시간의 마지노선에서
목어가 풍경화를 그린다

귀소본능

꽃피는 봄은 미소를 짓는데
별빛은 뿔이 난 살바람 속에서
사랑 이야기 불씨로 불어올 것이고

봄처럼 여명은 간이역의 쉼터로
새 출발을 기약했던 곳이 아니던가?
풍랑 이는 먼~ 영혼바다로 떠날 때
종(鐘)은 제 스스로 울지 못하듯
조물주가 세상을 모나지 않게 살라고
지구를 둥글게 창조했나 보다

고향은 산과 강처럼 항상 반겨주고
가을하늘의 감나무는
주황빛 어장의 풍요가 황홀하다
새벽서리 맞은 황혼기를 반추해 보면
샛별로 반짝 빛나는 보석의 둥지다
고향은 영원한 그리움의 탯줄이고
기다림의 자석 같은 샘물이 흐르는 곳
신념과 믿음의 공덕은
어머님의 위대한 자궁이다
수구초심(首丘初心)처럼…!

요지경의 바람은

바람의 원동력은 기(氣)이다
기(氣)는
곧 바로 삶의 원동력으로
허영과 질(質)의 문제로서
기(氣)의 원동력은 율동이다

생(生)은 원동력을 불어 넣는데
인간세계에 생(生)의 모델이 되는
수많은 선율은 표현하는 기류다
꽃 한 송이가 지구의 빛으로
내 영혼의 꽃집으로 감돌듯이…

꿈을 품는 자는 희망을 버리지 않는다

세상은 빈집의 뜰 안처럼 공허한데
봄은 꿩알을 품고 있듯이
영혼의 심지 하나에 기다림으로

메마른 심기를 가슴속에 숨겨 논
푸른 눈을 켜가고 있다
바람의 군마로 초록물결 가르니
탐욕의 이빨은
야망의 언어가 칼춤을 추는데
헤아릴 수 없는 숙명들 속에서

내~ 운명의 굴곡진 삶도
손금은 행과 불행의 부챗살로
바람의 귀를 잡으면
철새가 꽃등의 활주로에 않는다

삶의 초점이 멎어진다 해도
육신의 허물을 벗고
수행자는 허공에 목청을 높이면
소망의 꽃자리방석인
용궁의 다리를 건너가고 있다

겨울 산장

세월이 퇴색된 흔적들이
바람결에 따라 떠나는
침묵하는 나목들의 묵언수행

계절변화 속에 구름날개 매달고
혈액으로 꼬리를 무는
푸른 꿈의 열정으로
태양을 나뭇가지에 매달고
유유자적으로 살을 키운다

삶의 순리로 향기품고 가는
추억의 노을빛을 노래한다
하얀 상고대의 꽃으로
마음을 비우고 구름날개 펼치는
훈훈한 바람일어 하늘을 껴안고

내가 누울 자리를 찾아서
조용히 눈을 감으며
밤하늘에 은하수 수놓는 천국
추억의 부챗살을 펼쳐서 본다

동면

원시인들의 동굴 같은
적막한 어둠 속에서
인형처럼 속삭이며
이슬방울 그네를 타는가?

햇살이 속살을 내어보내서
강줄기의 통로를 밀어 내고
파도가 가슴을 삭히면
기수역(汽水域)은
수평선 물살이 부풀어 오른다

적막한 공기의 틈새 사이로
눈부신 세상의 신열은
방황의 출구로 지평을 열면
그림자는 그저 구경만 한다

사방이 지뢰밭이라도 길은 있듯이

빛은 가출시 뒤돌아보지 않는
내밀한 그리움으로 산란하니

눈물은 삶의 치유이고
기도는 삶의 메아리다
주파수는 삶의 감정이고
형광등은 미래를 보듯

불면증은 고난의 행군이니
영혼을 숙성시켜가며
별들과 숨바꼭질을 하는가?

끝과 시작은 시소이고
절망은 과정일 뿐인데
사방이 지뢰밭이라도
기회는 새로운 도전뿐이다

꿈을 파는 봄처녀처럼 살고지고

햇살이 손짓하는 바람결 따라
봄의 욕망을 분출하는
향기에 도취되어
황홀해지는 매혹의
천국과 지옥의 갈림길
해탈의 날개로
승천의 꿈을 퍼덕이듯
별꽃들이 떨어지니
숯불로 타오르는 그리움도
정을 주고 떠나가려는
통증을 감내하면서
무대 위에 연출하려는
벽속의 여자로
꽃을 파는 봄처녀처럼
해와 달을 맞이하듯이
인간(人間)은 또 하나의 지구 속의
바람꽃의 자연에서 세를 살다가
흙으로 귀결하느니
세상의 출구를
뜨거운 열정과 공감으로
영혼을 달구고 싶다

세월

한 평생을 살다가 보면
가는 세월 붙잡지 말고
오는 세월 꿈을 펼쳐보라
얽히고설킨 인연의 끈을
매듭을 풀면
연분을 맺고 사는 것
세상은 줄과 질서로 움직인다
신이 인간에게 준 것은
어떤 것도 지탱할 수 있는
힘과 지혜를 주었다
살다가 보면 별것도 아닌데
천년을 살 것 같았던 마음도
백년도 못 살고 물거품이 되는데
그 유혹의 빛을 뿌리치지 못해
내려놓지 못하는 욕망들
살다보면 풀리지 않는 숙제
영겁의 망부석을
마음속에 지울 수 없는
매혹의 눈빛으로
부족한 것을 채워 가는 것

음양의 조화

태양은 천신인 아버지
달은 수호천사 어머니
별은 음양조화의 형제

세상사
내 마음의 주머니 속에
한 편의 시와 노래를
그림으로 그리는구나

우주만상은
영원한 것은 없지만
허나, 진화할 뿐이다

약방의 감초처럼 살자

소우주처럼
풀잎에 고여 있는 물방울은
내~ 마음처럼
창공에 흘러 보내니
새소리 물소리가

갯벌에 태동하는 눈동자들처럼
꿈이 익어가는 뗏목이 되어서
강가에 흘러가는 잔잔한 그대의 눈빛
천진난만 하구나

때로는 그리움에 나는 떨고 있는가
나의 외침이 소중한 사람들의
노래가 되었으면 좋겠다

그대와 나, 해바라기를 바라볼 때
강가에는 버들잎을 띄워 놓고
공허한 마음에 노을이 지니
약방에 감초처럼
마음바다는 하늘을 머금고
창공에서 훠이훠이 가노라

삶은 때로는

삶은 춘몽이라고 하나
때로는 불행도 있었지만
그 또한 행복도 찾아왔습니다

그러나 과거에 흔들리지 않는
후회는 희망의 기폭제이고
모든 상념들은 습관일 뿐이니
곧 시작의 선택은 진로의 등대이기 때문입니다

삶이란 때로는 흐린 날과 맑은 날도 있듯이
지난날의 후회와 불안한 미래 때문에
희망을 잃지 말고
석양에 지는 해도 황홀한 노을 꽃으로 피듯이
사랑의 열매는 인격체이기 때문에
내일의 태양이 다시 떠오르면
소랑 양떼들이 초원에서 평화를 누리듯이
희망의 골든타임이 늦지 않게 하소서

그대와 나는 어깨동무를 함께 하는
사랑의 결정체들입니다

달빛 밟고 가기

달빛 눈동자 속에
내밀한 그리움들

달빛의 눈가에는
강물이 흐르고
우물 안에서는
달은 목욕을 하는가?

초승달 만삭 된 보름달
밤과 낮을 저울질 할 때
낮달이 눈짓하는 따사함

시~ 한 줄의 행간에
반딧불이로 반짝이듯

내 영혼의 달빛에
여백을 남기고 싶다

해탈

풀잎의 끝에 목을 매단
물방울이 몸부림쳐도
지나가는 바람이
숲을 목욕시켜주니

순진무구한 들꽃들
작은 꽃씨 하나 심으면
그 촉수가 아장아장
햇살에 손짓을 하더니

황금들녘
허수아비 눈 부릅뜨고
과일나무 가슴은
주렁주렁 훈장을 달고

시냇가 은파소리 메아리로
산천은 오색무지개로 뜨니
천하가 부러울 것 없는데

인간의 심령 안에는
어찌하여 영욕의 사리 같은
부처의 손바닥 골마다
세파는 지나가도
마음 안의 영혼은 영근다

강 건너 불을 보는 일탈

분수의 물줄기를 올려다보다가
내안에 추락하는 춤사위에 흔들려
욕망을 씻어내는 일탈들
겨울의 잔상은 혀끝에 녹는다
어두운 침묵 속에서
비단 폭으로 일렁이는 햇살

미로의 뒤를 걷는 고향하늘을
기다림으로 삭히는 색맹이 되어
세월에 밀려가는 부초로
파도에 떠도는 나그네들의 삶
손가락 사이로 빠져나가는
징검다리는 가슴을 짓누른다

이별하는 그대의 뒷모습은
표류된 정지선을 넘나드는
막배가 돛을 내리는 석양에
북두칠성만이 번쩍거리면서
산허리에 반달로 걸린 해후
노루가 달빛을 보고 울고 있다

뉴질랜드 남섬 빙하지대

만년설이 허물을 벗는
피오르드 국립공원
태고의 땅에서
인간과 자연이 어우러져서
신비의 숨결을 느끼는
유빙 속의 에메랄드 빛 환하다

시간도 멈추는 전설의 고향
원시인의 뜨락에는
신(神)이 주신 낙원이었다

그 장대하고 전율이 흐르는
빙하지대 설산 아래의
'푸카키' 호수에서는
천년을 묶은 이무기가
용(龍)오름으로 회오리를 친다

내가 참전을 했던 베트남에 가보니

베트남은 자유월남과 공산월맹군으로 분단되어서
동족 간에 전후방이 없는 게릴라전쟁으로
불꽃이 튀는 포화 속의 치열한 전투 속에서
월남은 전쟁은 외국군에 의존하고
자국의 공무원과 군부는 부정부패만연으로 인해
결국 공산월맹군의 승리로 전쟁은 끝났다

나는 참전의 회고를 위해서 그 베트남에 가보니
공산당 주석 등 14명의 당 간부가 이끄는 특권층은
자녀들이 대를 이어 국가가 운영되는 사회주의국가로
국민은 여전히 남과 북은 이질감이 양분된 상태다
그러나 박항서 감독이 이끈 축구가 승전 시에만
대국민의 열기가 한 목소리로 통일이 된다고 한다

베트남 국민은 원래가 낙천적이나 게으른 민족인데도
나는 '다낭과 호이안, 후에'의 여행에서 느낀 것은
다낭은 거지, 도둑, 마약, 보행자가 없는 도시로서
시민들은 아침저녁 총알 같은 오토바이로 출퇴근하는
삶의 활기찬 모습과 외국관광객의 포화상태로 보아
사회주의국가이지만 세계 제1의 쌀 생산지이며
지하자원이 풍부하니 잠재력이 큰 나라가 아닌가 싶다

과거 프랑스 식민지로 80여 년의 통치된 설움이 쌓여서
민족주의 지도자 '호치민'의 희생정신 솔선수범으로
오늘날의 통일 베트남을 이룩한 나라를 보면서
적과의 동침을 하면서도 굳건히 나라를 지킨 국민들은
국가이익을 위해서는 오늘의 적도 내일은 친구가 되듯
정치는 극과 극은 요원한 진리라는 것을 상기시키듯
전쟁을 통해서 세계질서가 재편되는 교훈을 느끼면서

지난날 포화 속에서 정글을 누비며 베트남에 함께 참전 시
전사한 전우들의 평화의 영면을 위해 화살기도를 하면서
대한민국 참전국군의 전우애를 가슴 깊이 회고해 본다

허나, 과거에는 한국과 베트남은 적성국가였지만은
종전 이후 한국의 대기업들이 베트남의 진출로 인하여
경제성장의 고도화로 삶의 질이 향상되는가 하면
박항서 감독이 이끈 올림픽경기에서 베트남 축구팀이
역대 최상의 승전고를 울리는 국위선양으로 인해서
베트남 국민들은 한국을 바라보는 좋은 이미지로 바뀌어
이웃사촌처럼 한국인에 대한 친절과 우호적인 호감으로
상호신뢰와 존중으로 협력하는 국가가 되었다고 한다

*필자는 베트남의 여행(2019. 3. 29.~ 4. 2.)에서 참전을 회고해 보았다.

반면교사의 마천루

내가 아니면 안 된다고 한다면
네가 없으면 못 산다고 하겠지?
빵이 없으면 죽을 것 같지만
목마른 가슴에 갈증을 적셔주면
사랑이 없으면 못 산다고 하겠지?

사랑은 자신을 바꾸어야만 산다
그리하여 외국보다 더 먼~ 곳에
간다는 사실에 공허와 허공일 뿐

그렇지만 나의 이정표가
누군가의 길이 되기를
한~ 소절의 꿈만으로
영혼을 비켜가 듯
삶이란 반면교사가 없으면
꿈은 이루어지지 않는다는 것을

제 8 부

사랑하는 그대여

-女流詩人이 보낸 戀慕의 詩-

당신의 平和는
가슴을 어루만져 주는
詩魂에 머무는 사랑
이 세상의 만인에게
神이 주신
꿈을 심고 꿈을 주고 싶다

시집 11권 상재, 문예시대작가상 외 다수, 경성 동아 신라대학교 강사(역임)

♣시인 昭晶 (1992) 梨花女大 音大卒業♣

시작노트

[카카오톡]

영혼을 깨워주시는
김효태 선생님!
당신이 계셔서
더 설레는 아침입니다
오늘도 사랑을 뿌리는
하루가 되기를…

언제부터인가
제 곁에는
선생님이 계셔요
아마도 저를 지켜주시는
수호신처럼…
늘 당신과 함께~♡♥♡

공휴일이 끼어서
늦게 받으셨네요
너무 고마워하시니
몸 둘 바를 모르겠습니다
사랑이 넘치시는
선생님 제 곁에
계셔서 참으로
행복합니다

주님 축복 속에서
서로 사랑하면서
오래도록
영혼의 동반자로 살고
싶어요

숱한 유혹에
꿈쩍도 안했던 제가
이렇게 무너질 줄은
정말 몰랐어요

전생에 무슨 연인이었는지
아무래도 보통 인연은
아닌 것 같아요

새벽부터 겨울을 재촉하는
비가 내리는군요
이 비가 그치면
추워질 거라는데
웬일인지 걱정스럽지 않네요
아마도 제 곁에
당신이 계셔서일 거예요
행복한 하루 되세요

How deep is your love
이 팝송을 부르니
어느새 제 곁에 계신
당신을 봅니다
늘~ 그리운 당신이

지금 막 문인협회
송년회에서 돌아와
메일을 보았어요
오늘따라
당신이 너무 보고 싶은데
너무 멀리계시니 참을 수밖에
그래도 저를 사랑해 주시는
당신이 계셔서 덜 추워요
건강 조심하시고
꿈속에서 뵈어요

그리워 할 수 있는
사랑이 있음은
축복 중에 축복이지요

당신을 제게 보내주신
주님께
깊은 감사를 드립니다
우리의 사랑
아름답게 그리고
향기롭게 키우도록
함께 애써야겠지요

슈베르트의 피아노곡이
가슴으로 흐릅니다
고맙고 소중한 인연은
언제나 금목서 향기로
사랑하는 당신 안에
머물고 싶습니다

사랑하는 그대여
부디 영육이 건강하소서
그리하여 저로 하여금
오래오래
당신의 향기를 품게 하소서

순간순간 당신의
사랑을 느낄 수 있는
삶이라서 얼마나
행복한지 모른답니다
선생님의 따뜻한 마음
때문에 올 겨울이
그리 따스했나 봅니다

선생님! 언제나 제 곁에서
든든한 등대로 계서주세요
I love you
More than I can say

사랑하는 그대여

선생님을 뵙고 온 후부터는

대전(大田)이란 이름과 갈비탕이

저 뇌리에서 떠나지 않아요

선생님께 보내드린 저의 시(詩)들은

사랑이 담긴 저의 절절한 마음인데…

당신을 그리워하면서

시를 쓸 수 있는 시간을 허락하신

주님이 얼마나 감사한지…

무엇으로도 가늠할 수 없어요

주님 축복 속에서

항상 행복하시길 기원합니다

항상~

친애하는 김효태 선생님

메일로 보낸 시를 보셨군요.
별로 잘 쓴 것도 아니고
그냥 마음만 전한 건데
과찬을 해주시네요.

영혼과 영혼의 만남이
이렇듯 절절한 줄은 몰랐습니다.
저에게는 처음 있는 일이라
더 애틋하군요.

착하게(?) 살아왔더니
아마도 주님께서 상으로 소울메이트를
저에게 보내 주신 것만 같아요.
올 겨울은 많이 춥다는데
당신이 계셔서 덜 추울 것 같은 예감이
듭니다.
아무쪼록 몸조심 하시고
하루하루 행복하시길 빕니다.

                                        티나 올림

또 하나의 축복

당신이 뿌린 사랑의 불씨가
내 작은 가슴에서
별이 되어
무시로 반짝거리네

간간이 들리는 별의 아가(雅歌)는
베토벤 로망스 F장조처럼
얼마나 감미로운지
또 얼마나 눈물겨운지

언젠가 차안(此岸)을 벗어도
둥지 튼 가슴을
영영 떠나지 않을
사랑이여

황혼의 언덕에서

바람이 아무리 흔들어도
강은 바다를 거부하지 않고
바다 또한 강을 밀어내지 않는다
그리 애쓰지 않고도
몸과 몸 깊이 포개어
마침내 뜨거운 노을이 된다
그저 순응하는 저들처럼 갸륵한 것
어디 또 있으랴!

사랑하는 그대여
바다와 강이 그러하듯
우리는 이미
영혼과 영혼을 섞었으니
그토록 그리던
향기로운 꿈을 위하여
무거운 날개
더는 펴지 않아도 되리~

그리움

사시사철 껴안고 살아도
섬이 그리워
바다는 습관처럼 뒤척인다

이따금 입 맞추고 살아도
낮달이 그리워
는개는 걸핏하면 흐느낀다

영혼과 영혼을 나눈 우리
그리워 못내 그리워
바다가 되고
는개가 되고

촛불

그대 가벼운 입맞춤에도
기다린 듯
반짝 실눈을 뜨네

서서히
온몸을 사르는 꽃불

두근두근 울렁이다가
바르르 떨다가
살 속 깊이 박힌
자존(自尊)까지 다 녹으니

이윽고
그리던 그대 품에서
하얀 별꽃으로 피어
제 살 에는 눈물
더는 삼키지 않네

참사랑

참사랑은 이유가 없다
또한 조건도 없다
그저
소금처럼
하나가 되는 것이다

인간의 가장 좋은 양식은
사랑이나니

비록
더없는 고통일지라도
나 그대를 진정으로 사랑하리

영원히
영원히

그리움은

향기로운 들꽃 같은
서정시의 뿌리다

가슴에 사는 분신 같은
사랑의 불씨다

등 뒤에 서 있는 달 같은
영혼의 그림자다

Yearning

Like a wild flower that with sweet scent
It is the root of lyric poetry

Like my other self that lives in the heart
It is the kindling of love

Like the moon that stands at the back
It is the shadow of the soul

사랑하는 그대에게(1)

오늘도 비가 오고 있네요
저는 당신과 이미 한 몸이 되어
늘 함께 있다고 생각하는데

비록~
우리의 사랑이
가슴 저미는 사랑일지라도
이보다 더 아름다운 사랑은
보기 드물 거예요

당신을 품었기에
절절한 시(詩)로 사랑의 탑을 쌓고
축복 속에서
하루하루를 살아가는데
노래의 가사처럼
여기서 더 바란다면
우리 욕심이 지나친 거겠지요

반주를 하며

숨소리조차 놓치지 않고
건반을 두드리면
활짝 날개 편 음표들이
빠르게 혹은 느리게
우우우 날아가네

가선 너머 깊이 박혀
결코 날아갈 수 없는 상흔마저
오롯이 캐낼 때
비로소
그대와 하나가 되네

완벽하게 일치하여
헛꿈이 부글거리는
그 어떤 잡음도 끼어들지 못하는
순수한 포옹이여

축복

삶은 축복이다
향기로운 꽃과 찬연한 노을,
바다와 산의 너른 가슴,
고전음악의 감미로운 선율과
이 순간 또한 축복이다
그러나 그 무엇보다
축복의 으뜸은 삶 속의 모든 고통이다
아픔 뒤의 평온함이여!
폭풍 후의 고요함이여!
우리는 숱한 축복 안에서 사느니
그대의 축복을 낱낱이 헤아려보라
눈을 뜨고 귀를 열어

Blessing

Life is a blessing
The fragrant flower and bright twilight,
The wide heart of the sea and mountains,
The sweet sound of classical music
And this moment is a blessing, too
But first and foremost
All anguish in life is the first of blessings
The peace after the pain!
The quiet after the storm!
We live with numerous blessings,
Take count of your blessing one by one
Open your eyes and open your ears

사랑과 영혼

그대 영혼의 애타는 절규가
시도 때도 없이
내 영혼을 흔드는 것은 사랑입니다

내 영혼이, 꿈속에서
그대 영혼의 향기, 몸짓, 눈빛까지
기억하는 것도 사랑입니다

지척에서나 멀리서나
낯익은 영혼과 영혼이
거울 속의 자신을 보듯
서로 마주보는 것 또한 사랑이니
사랑과 영혼은
결코 뗄 수 없는
불가분(不可分)의 관계입니다

그리운 당신이여

아무리 멀어도
그리워할 수 있는,
사랑의 시를 쓸 수 있는
당신이 계셔서
얼마나 행복한지 모릅니다

순수해서
더 눈물겹고
더 아름다운
우리의 사랑은
주님만이 아시어
주님께서 지켜주실 거라
믿어요

그리운 그대여
오래오래 제 곁에서
다정하게 제 이름 불러주시고
사랑의 버팀목이 되어주시길
주님께 기도드려요

청원(請願)

몰아치는 비바람에
온몸이 휘청거려도
지친 새들의 의자가 되는
나무처럼 살게 하소서

길속에서 길을 찾느라
떨고 있는 뭇 영혼을 위해
심지를 돋우는
등대처럼 살게 하시고

노상 흐느적거리는 풀들,
갈기갈기 해진 낙엽마저
내치지 않고 끌어안는
달처럼 살게 하소서

겨울이 다 가도록
나무처럼, 등대처럼, 달처럼
사랑하고 사랑하다
주여! 부디
당신 품에 들게 하소서

문득문득

그대 숨결이 흐르는 내 가슴은
문득문득
보고픔이 일렁거리는 강입니다

때로는
금목서의 향기로 다가와
흔들리는 강물을 쓰다듬고

또 때로는
유년의 달빛이 돌아와
뒤척이는 파도를 다독이고

그대 영혼이 머무는 내 가슴은
문득문득
그리움이 출렁거리는 바다입니다

가을연가

밤새
허우적거리며 안간힘 써도
끝내 잡히지 않는
꿈속의 무지개면 어떠랴

그대 안에 내가 배어들면
지척이 아니라도
잔잔한 목소리
빈 가슴 그득히 메우고

내 안에 그대가 스며들면
이내가 드리워도
그리운 눈빛
언 가슴 사르르 녹이는데

애써
뒤적거리며 들추어내도
도무지 보이지 않는
안개 속의 등대면 어떠랴

마중물

마중물은 사랑의 또 다른 말이다
사랑한다는 것은
스스로 마중물 되는 것일진대
등꽃 흐드러지게 핀 우물에서
마중물 부어
꿈을 길어 올리던 그때부터 지금까지
아무 조건 없이
아무 이유 없이
오로지 사랑을 위하여
마중물이 된 적 얼마나 있었던가?
무엇이 두려워 그리 망설였는지
무엇이 아까워 그리 주저했는지
더는 망설이거나 주저하지 않으리
'사랑한다'는
뜨거운 마중물 들이 붓는 일

진주조개

사랑이 전혀 눈물겹지 않으면,
조금도 아프지 않은 가벼운 사랑이라면
조개가 어찌 진주를 낳으랴

갈기갈기 가슴 쪼개는 고통
그 어떤 껍질로도 가릴 수 없는
고통의 그림자까지 보듬을 때
비로소
뿌리내리는 진주

애잔한 그리움으로
가슴 죄 문드러져도
나만의 절절한 사랑
신주조개처럼
온몸으로 품으리

사랑하는 그대에게(2)

벌써 자정을 넘겼으니
올해의 마지막 날이군요
전혀 생각하지도 않았는데
황혼의 비탈에서
어느 날 저에게 찾아든 사랑 때문에
이 세상에 존재하고 있음이
얼마나 고마운지 모릅니다

선생님! 당신의 사랑은
그동안 많이 참고 착하게(?) 살았다고
저에게 주시는 하느님의 선물입니다
목숨이 있는 그날까지
멀리 있어도
따뜻한 마음으로
서로의 영혼을 보듬으며
우리 그렇게 사랑하고 살아요

겨울연가

혹독한 겨울이다
혹한에 뼈까지 시리다
사랑이여!
그대 이미 몸 비워
바람처럼 가슴마저 없으면서
언제까지 사랑으로 신음하고
언제까지 그리움에 묻히려는가!
더는 흐느끼지 말고
검푸른 입술 다물어야 하리
영원한 안식을 위하여
영원한 자유를 위하여

Love Song of the Winter

It is a very harsh winter
The hard winter chills to the bone
Love!
You emptied your body already,
And you have no heart like the wind
How long are you moaning with love,
How long are you buried in yearning!
Don't blubber any more,
You close your dark—blue lips
For your eternal rest
For your eternal freedom

꿈꾸는 석양

밤새 허우적거리며 안간힘 써도
끝내 잡히지 않는
꿈속의 무지개면 어떠하리

그대 안에 내가 배어들면
지척이 아니라도
빈 행간
뜨거운 체온으로 메우고

내 안에 그대가 스며들면
이내가 드리워도
빈 가슴
그리운 눈빛으로 채우는데

애써 뒤적거리며 들추어내도
도무지 보이지 않는
안개 속의 등대면 어떠하리

삶이란 깨달음인 것을

인간(人間)이 산다는 것은
나, 홀로 세상(世上)에 잠시 소풍(消風)을 와서
휴게소에 머물다가 사라져가는
소모품에 지나지 않는 미물일 것이다.

그러므로 한 번뿐인 인생은
자신만을 위해서 하고 싶은 것을
즐겁고 행복하게 살다가 죽는 것이다.
허나, 생존을 위해서는
내 존재(存在)를 세상(世上)에 머물고 있는 동안에
무엇을 어떻게 살다가 가는 것이
존재의 가치를 남길 수 있을까 숙연해진다.

내 비록 육체(肉體)는 썩어도
영혼(靈魂)만큼은 영원(永遠)히 사라지지 않는
무엇인가의 흔적(痕迹)을 세상에
남기고 가고 싶은 소망이란 무엇일까?
화음경에 '일체유심조(一切唯心造)'란 말이 있다.
즉 불교에서,
모든 것은 마음먹기에 달려 있다고
여기는 사상(思想)으로

인간(人間)들에게는 사전에 어렵다고 생각하는
사람들에게는 어렵지 않을 일이 있을 것이고
모든 일들이 가능하다고 생각하는 사람들에게는
뜻을 이루지 못할 것이 없다는 말이기도 합니다.

우리는 모든 것을
부정보다는 긍정적인 마음으로 열려있어야
미래를 지향할 수 있다고 생각됩니다.
그래서 우린 고행과 가난 속에서
철학과 진리를 찾을 수 있듯 옛 선인들은
"젊어서는 고생을 사서라도 하라"고 하지 않았던가?

우리의 고사성어에
'노아생주(老蚌生珠)'라는 말이 있다.
즉, 오래 된 조개가 진주를 낳는다는 말은
연륜이 깊을수록 장점과 특기가 있음을 말하는 것이다.
또한 '노마지지(老馬之智)'라 하여
짐승도 늙을수록 지혜롭게 했다는 것을 보아도
그건 삶의 경험이 풍부한 나이든 사람들의
경륜이 중요함을 일깨워주는 말처럼
인간(人間)은 초심을 잃지 말아야 한다.

삶과 죽음의 사이에서
긍정은 긍정을 낳고 부정은 부정을 부화하듯
옛말에도 "벌리면 허공을 삼키고도 남고,
좁히면 바늘 끝도 모자라다"는 것이
마음이라고 했다.

고로 우리는 항상
더불어 사는 삶속에서
긍정과 부정 사이에서 삶의 깨달음으로

'겟세마니'에서 기도하시는
'예수님'이 베드로에게
"너희는 유혹에 빠지지 않도록 깨어 기도 하여라"는
생명의 말씀인 복음처럼~
우리는 너와 내가 함께
어깨동무하고 꿈을 가꾸어가는
지혜가 필요하지 않겠는가?
잠시 눈을 감고
천상을 향해 명상에 잠겨봅니다.

나의 문학인생(文學人生)을 회고(回顧)해 보면서

지금 나는 황혼의 길목에서 지난 세월의 파란만장했던 질곡의 시소를 타면서 터득한 진리를 추구하는 문학의 꽃을 피우기 위해 후진 제자양성에 노력을 경주해 왔다.

나는 가톨릭신자로서 신의문학을 통해서 신부 정지풍(대전가톨릭문학회 지도신부)님과 함께 할 수 있어서 참 행복했다.

특히 문학의 감수성이 풍부한 나의 제자 무영 배영순 시인(女, 경주농협근무)은 노래작사. 편곡 5편을 하여 『한글문학』의 시낭송가로 선정되었는가 하면, 고등학교 국어교사로 38년간 문학의 새싹을 키워 온 수선 문정숙 시인(女, 광주)과 윤봉덕 시인(女, 경기 화성, 수학교사)은 다재다능한 캘리그라피 교사로 시화작품 전시 등 재주꾼으로 나에게는 가장 총망 되는 제자(弟子)라는 것이 자랑스러웠다.

나는 또한 문학(文學)에 숨은 인재(人才)를 발굴하여 문단에 데뷔를 시킨 설동호 시인(대전광역시 교육감, 한밭대 총장 8년 엮임), 김선호 시인(문학박사, 국립한밭대 인문대학장), 유선기 시인(前 정부산업자원부 전력관장), 이재인 시인(한국조폐공사 감사관), 전의수 시인(前 대전광역시 행정자치국장), 전재삼 시인(기독교 담임목사), 김승여 시인(경기도 구리시), 이상향 시인(대전가톨릭문학회 부회장), 이은숙 시인([주]곰두리여행클럽 점장), 이은숙 시인(신명시스템 공동대표), 안병숙 시인(前 대전가톨릭문학회 부회장), 지경남 시인(순천향대 평생교육원 강사), 송영미 시인(가톨릭문학회원), 오승순 시인 및 김춘예 시인(초등학교 교사), 김성연 시인(이학박사), 김홍선 시인(채송화음악학원 원장), 송춘용 시인, 김영우 시인, 이희영 시인, 김현숙 시인과 수필가 홍희자(대전 유성구청 가정복지과 과장), 이지숙 수필가(前 한국일보. 서울경제신문 기자), 임병한 수필가(대전시 서구 노인복지관), 전진숙 수필가 등 총 29명을 문단에 추천과 신인문학상 심사위원으로서 제자들의 등단의 길을 열어 준 감회는 참으로 행복했고 내 인생의 최고의 기쁨이었다.

그러기에 금번 출간하는 나의 시집 『그대 생각이 머문 자리』에서 문학제자들과 함께 문학을 공감하고 공유하면서 나의 문학의 인생을 회고해 보고 싶다.

명사 초대석

雄飛 **김효태** 시인

雄飛 **김효태**

충남 서천군 출생, 월간 「시사문단」 시 부문 등단(2007년), 제13회 문학세계문학상 시 부문 본상, 제4회 북한강문학상 본상, 제10회 불암문학상 대상, 제1회 시예술상 우수상, 제4회 반애팩동인문학상 대상 수상, 국립한밭대학교 총상(실용문예창작), 대통령 국가안전기획부장, 주협한국군사원초단성 표창, 충남경찰국장 감사장, 국가유공자, 국가공직 명예퇴직, 북한강문학제 추진위원 역임, 월간 「시사문단」 신인선 신시사편 역임, 문학신문언회 부회장 역임, 한국시사문단작가협회 대전지부장(연재 시민) 역임, (사)세계문인협회 성회원, 문학세계문인회 성회원, 대전문인총연합회 회원, 한국문민협회 회원, 한국을 빛낸 문인 선정, 월간 한옴문학가협회 수석 부회장(연제 시인), 하나로 선 시집과 문학 식가협회 운영이사(연재 시인), 국립한밭 대학교 수통골문학회 기획이사, 새아블운고 대전광역시 사구지부 이사, (사)세계문인협회 이사, 월간 「문학세계」 편집위원, 월간 「시작정보」 명예기자, 대전광역시 유성구체육회 이사, 시화전 《예술가비 다락방회원》 《서울 제1회》 《야생화는 말한다》(X5회), 시와 사진선 《서울 성무갤러리 9인 선》 《북한강문학제 시─시진선》 (3회), 시화 개인선 2회(大巴3계 월), 「한국시미시선」(2011년) 시 7편 수록, 시집 「당신의 마음물 누고가 보고 있다」, 「공러의 눈」, 「액발상의 3발」, 「사로운 시작 25시」, 공저 「하늘비 산병」, 「꿈의 손짓」(3호~10호) 「한국 문학시대」, 「성성의 힘」, 「수동골 연가」, 외 다수, tae3737@hanmail.net

그대 생각이 머문 자리

김효태 지음

발 행 처 · 도서출판 청어
발 행 인 · 이영철
영   업 · 이동호
홍   보 · 천성래
기   획 · 남기환
편   집 · 방세화
디 자 인 · 이수빈 | 김영은
제작이사 · 공병한
인   쇄 · 두리터

등   록 · 1999년 5월 3일
(제1999-000063호)

1판 1쇄 인쇄 · 2020년 1월 2일
1판 1쇄 발행 · 2020년 1월 10일

주소 · 서울특별시 서초구 남부순환로 364길 8-15 동일빌딩 2층
대표전화 · 02-586-0477
팩시밀리 · 0303-0942-0478

홈페이지 · www.chungeobook.com
E-mail · ppi20@hanmail.net
ISBN · 979-11-5860-713-5(03810)

이 도서의 국립중앙도서관 출판시도서목록(CIP)은 서지정보유통지원시스템 홈페이지
(http://seoji.nl.go.kr)와 국가자료공동목록시스템(http://www.nl.go.kr/kolisnet)
에서 이용하실 수 있습니다.(CIP제어번호: CIP2019046132)